Sugar
Meu Doce Vício

Vanessa de Cássia

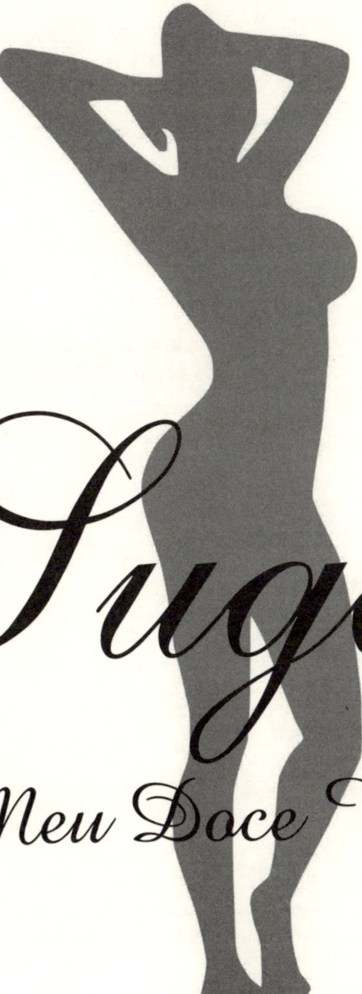

Sugar
Meu Doce Vício

© 2015, Madras Editora Ltda.

Editor:
Wagner Veneziani Costa

Produção e Capa:
Equipe Técnica Madras

Revisão:
Arlete Genari

Dados Internacionais de Catalogação na Publicação (CIP)
(Câmara Brasileira do Livro, SP, Brasil)

Cássia, Vanessa de
Sugar : meu doce vício / Vanessa de Cássia. -- São Paulo :
Madras, 2015.

ISBN 978-85-370-0953-6

1. Ficção erótica 2. Romance brasileiro I. Título.
15-01884   CDD-869.9303538

Índices para catálogo sistemático:
1. Ficção erótica : Literatura brasileira
869.9303538

Proibida a reprodução total ou parcial desta obra, de qualquer forma ou por qualquer meio eletrônico, mecânico, inclusive por meio de processos xerográficos, incluindo ainda o uso da internet, sem a permissão expressa da Madras Editora, na pessoa de seu editor (Lei nº 9.610, de 19/2/1998).
Madras Hot é um selo da Madras Editora.

Todos os direitos desta edição reservados pela

MADRAS EDITORA LTDA.
Rua Paulo Gonçalves, 88 – Santana
CEP: 02403-020 – São Paulo/SP
Caixa Postal: 12183 – CEP: 02013-970 – SP
Tel.: (11) 2281-5555 – Fax: (11) 2959-3090
www.madras.com.br

*"... e que nada nem ninguém é mais importante
do que nós próprios. E não devemos negar-nos
nenhum prazer, nenhuma experiência, nenhuma satisfação,
desculpando-nos com a moral,
a religião, ou os costumes..."*

Marquês de Sade

Droga,
isso foi tão bom de escrever...
Quero ser seu eterno docinho!...
Ass: Suga mama.

*Para todos os meus "docinhos" que
acreditam sempre em meus sonhos.
É por vocês que faço meu melhor.
Aprecie sem medo!*

PARTE I

QUE OS DESEJOS SE TORNEM

UM COPO DE AÇÚCAR,

por favor?

*Tudo é considerado impossível,
até acontecer!*
Nelson Mandela

Cheguei estressada!
Aff, o que há com esses alunos? Pelo amor de Deus. Não é possível isso, gente! Estudei tantos anos da minha vida, para quê? Para dar aulas a um bando de adolescentes mal-educados!

Respirei fundo e deixei a bolsa na mesa ao entrar no meu *flat*. Moro sozinha perto do centro, sou professora de Inglês num cursinho aqui perto. Ando tão solitária, tão carente que por qualquer coisa me chateio. Hoje eu só queria dar uma aula decente, divertida e dinâmica, mas aqueles merdinhas conseguiram tirar meu juízo em plena tarde de sábado.

Juro, não queria me estressar tanto e, muito menos, ficar chateada, mas é essa minha solidão que está me matando.

Literalmente!

Tenho 26 anos – e não sou tão feia, acho que sou até ajeitadinha! Contudo, estar sozinha nessa idade parece loucura. Tudo o que eu mais queria era dar uns amassos com alguém quente o suficiente para me deixar satisfeita, mas as condições para meu lado não estão favoráveis!

Bufei irritada com essa minha falta de sorte, fui até a geladeira e peguei uma garrafa de água; mergulhei aquela beleza num copo e deixei rolar pela garganta seca. *Delícia...*

Entretanto, delícia mesmo era ouvir o meu vizinho.

Sim, meu vizinho estava ouvindo um rock pesado e cantando junto. Por todos os deuses, *que vizinho é esse?* Juro que não mereço vê-lo sem ter no mínimo um carinha para me dar um pouquinho que seja de amor.

Eu nem sei o nome dele, faz uns cinco meses que se mudou para o *flat* ao lado; na verdade, só o vejo saindo com uma loira-dos-sonhos-de-qualquer-homem. E também o ouço de vez em quando cantando e parece socar algo, escuto uns barulhos estranhos.

Sei lá, não compreendo sua estada por aqui. Mas, voltando à loira dele, outro dia eu estava indo trabalhar e os dois entraram no elevador comigo; céus, eu tive de me conter, pois parecia que nenhum dos dois me enxergava; tipo: *oi, estou aqui!*

Mas nem ligaram, pra falar a verdade nem olharam em minha direção. Eu parecia a Mulher Invisível! Eles estavam na minha frente, abraçados depois de uma louca noite de amor – bem, pelo menos era isso que eu sentia. A mão esquerda dele começou a deslizar pelo corpo dela, chegando rapidamente até a bunda, dando aquele apertão firme e gostoso. Ele tinha pegada – e uma mão imensa.

Oh, Gosh!

Confesso que fiquei um tanto enciumada por não estar no lugar dela. De ter a sensação de suas mãos pesadas sobre meu corpo, sua língua deslizando por todos os lados, tentando conhecer cada centímetro de pele... Oh, sem querer entrei num leve transe erótico, balancei a cabeça desfazendo essa ideia maluca e desviei os olhos assim que ouvi sua risadinha. Eu queria pigarrear para quebrar esse contato entre os dois, mas me segurei e não olhei mais – apesar de querer muito ver! Pois apenas sentia a quentura que eles transmitiam. Isso já era demais...

Aliás, é sempre demais para uma moça solteira há tanto tempo. E, bem, meu vizinho, hum, vamos dizer assim, ele é uma mistura de Matt Bomer e Henry Cavill – conseguem imaginar essa belezinha? Imagina aí, enquanto eu penso aqui...

Gosh, eu quase infarto toda vez que o vejo. Ele exala tesão!

Para baixar a temperatura que subiu aqui só de pensar nele e imaginar as loucuras que poderia fazer comigo, fui até o quarto e iria preparar um bom banho. Nada como deixar o tesão, os desejos e as tristezas escorrerem pelo ralo. Separei a roupa na cama, peguei a toalha e, ao sair do quarto, vi na cabeceira aquele que está me fazendo suspirar... Vamos ao início.

Lá no curso tem uma *teacher* que é minha amiga, Amanda, a quem chamo de Mandy. Ela me apresentou algo que jamais tinha feito: ler um livro erótico. Exatamente, *Cinquenta Tons de Cinza*. No início fui relutante, não queria me envolver com esse tipo de leitura; puro preconceito, pois comecei a lê-lo ontem e não consegui parar. Ela me emprestou o livro na versão em inglês e, claro, Mr. Grey já ganhou toda minha simpatia.

Sorri ao me lembrar dela me dizendo:

"Flora, você precisa de um homem ou pelo menos, ao ler esse livro, será libertada para diversas sensações. Meu marido amou as loucuras que fiz com ele. Leia e depois me conte."

Ok, não aconteceu nada demais, pois ainda nem cheguei às partes "picantes" do livro. Depois do banho ficarei relaxada no sofá, imaginando Christian Grey aqui do meu ladinho surrando loucuras.

Abri o chuveiro e o deixei numa temperatura aconchegante, quente na medida. O arrepio no primeiro contato com a água foi delicioso. Deixei rolar aquelas gotas quentes para ficar relaxada ao máximo. Ensaboei-me e, ao fazer isso, as sensações foram diversificadas, do desejo ao extremo à loucura latente. Isso talvez porque meu corpo estivesse *"necessitado"* de carinho. Tanto tempo sem qualquer toque masculino, que nem lembrava a sensação... Só estava fantasiando o que poderia acontecer. Um breve lampejo do livro veio à mente. Queria eu ter um homem *sexy* aqui me ensaboando...

Damn it!...

Sério, eu não consigo entender o que está acontecendo comigo – ou com meu corpo. Nunca fui uma moça ligada a sexo, sempre achei isso tão normal. Não entendo o que o povo tanto fala da necessidade com o sexo, mas estou começando a sentir na pele um pouco a falta, então deve ser esse o famoso paradoxo.

Talvez minha insegurança seja porque só tive homem de merda em minha vida. Com George, meu ex, foi assim. Deixava-o apenas enfiar aquele pinto pequeno e fazer seus movimentos de merda que nem me excitava. Apesar de que, vez em nunca, ele me fazia um sexo oral que era até gostosinho.

Mas, voltando ao meu corpo nu, molhado e quase excitado, deslizei a mão na barriga sentindo a espuma escorrer. Deixei meus dedos voltarem aos seios, passei as mãos devagar, sentindo-os cuidadosamente. Eu realmente estava precisando de algo... tipo assim, *enorme*...

Sorri com esse pensamento inútil que não me ajudaria em nada nesse momento. Respirei fundo e até pensei em me masturbar, mas desisti da ideia. Enfiei a cabeça na água lavando a cabeleira, comecei a cantar alto para me distrair de tudo. Era uma música melódica, mas dizia tantas verdades. *Come here*, de *Kath Bloom*. Uma música que eu adorava escutar nos dias frios de chuva. Apesar de hoje não estar assim, a solidão talvez me deixasse dizer a verdade, cantei alto:

"*Come here. Come here. No I'm not impossible to touch. I have never wanted you so much. Come here, come here...*"[1]

Depois da cantoria melódica e da letra cheia de sentido ao que eu queria, desliguei o chuveiro. Enrolei firme a toalha na ca-

---

1. Não eu não sou impossível de tocar. Eu nunca desejei isso tanto assim. Venha aqui, venha aqui. (*Come here* – Kath Bloom)

beça e sequei meu corpo. Fui nua até o quarto, mas sentia meu sexo pedindo por prazer, ao sentir a fina pele úmida tocando uma na outra. A nudez também não me ajudava em nada, aliás, nada estava a meu favor.

Holy fuck!

Olhei para o Grey que me chamava para lê-lo. Podia vê-lo piscando e me chamando com seu indicador esguio em minha direção. Até mesmo pude imaginá-lo sentado no meu sofá, batendo as grandes mãos na coxa, me chamando para seu colinho.

Ai, Deus do céu, eu cavalgaria sem parar...

Aff, sossega a xana!

Depois desse surto erótico e ridículo, uma ideia veio rapidamente nessa mente insana, mesmo achando idiota, acatei. Algum tempo atrás ganhei uma calcinha vibratória, na verdade veio de um sorteio na casa de uma amiga. Era despedida de solteira dela, então levaram milhares de presentinhos eróticos para a festinha. Acabei ganhando a tal peça, mas nunca a havia tirado da gaveta.

Poderia até parecer loucura, toda essa minha santidade séria demais, mas estou começando a achar que perdi muita diversão em minha vida. Olhei a fina peça, sorri para ela e era exatamente isso que iria arriscar a fazer. Nesse exato momento estou cheia de tesão e eu posso, sim, me sujeitar a me dar prazer sem medo e sem vergonha alguma.

Oras, é o meu corpo!

Eu me daria prazer sem dever a ninguém, sem ficar preocupada com nada, ou até mesmo em precisar ao menos fazer boquete sem querer, para ter algo igualmente bom em troca. Era apenas me sentir livre, sentir-me relaxada para me divertir! Simples, não?

Peguei a calcinha no fundo da gaveta e a coloquei. Até sorri ao fazer isso, usando-a pela primeira vez! Vi o pequeno controle e nele havia uma espécie de níveis que poderia usar. Empurrei o botão e senti levemente uma sensação boa entre as pernas.

Wow, that's good!

Desliguei e peguei rapidamente o livro indo para a sala. Fiquei do mesmo jeito, com toalha na cabeça e só de calcinha – ah, sim, vibratória.

Liguei o som e deixei rolando o *pen drive* na pasta da *Kath Bloom*. Ao som dela iria tentar me divertir. Isso era algo até estranho, pois eu só a ouvia para chorar.

Enfim, eu não tive muitos relacionamentos em minha vida; sou uma pessoa tímida, apesar de ser bem-humorada. Acho que não conquistei muitos homens, pois simplesmente preferia ficar enfiada em casa lendo muitos livros. Estudei muito, passei boa parte de minha adolescência lendo e estudando. Muito. E com isso tive pouquíssimos namoricos. Simplesmente não me importava com isso. Meu pai sempre me dissera: *"Filha, estude muito, sem isso você não será nada"*. Então foi o que fiz.

Com 18 anos fui para o Canadá me dedicar ao inglês; precisava ser fluente nessa língua que tanto adoro. Fiquei por um ano estudando enquanto meu pai me ajudava nos custos. Nesse tempo que fiquei por lá, conheci alguns carinhas, mas nada muito sério. Transei com apenas dois que, para mim na época, tinha sido demais.

Quando retornei ao Brasil, conheci Mauro, um rapaz encantador, porém esse encanto todo sumiu quando descobri que o filho da puta me traía! Tudo bem, foi um período difícil, mas superei.

Foi então que, George – o *teacher* gato –, pintou em minha frente, todo carismático e lindo; daí me entreguei naquela merda de relacionamento que só eu fazia funcionar! Juro, não entendo até hoje como não enxergava tal merda.

Acredita que ainda ficamos noivos e tudo mais, e, *tchan nan*, ele me traiu com uma professora de onde dávamos aulas. *Son of a bitch!*

E por tudo que passei, desde aquela época, eu meio que desisti do amor, do sexo e de toda essa porra de relacionamento. Cansei de ser traída, trocada, usada. Já passou da hora de ser idolatrada, desejada, talvez amada!

Só que, com o tempo passando, você vai percebendo que precisa de alguém para pelo menos dizer que está linda. E é nisso que devo focar, pois estou tanto tempo sem ninguém, que estou começando a subir pelas paredes...

Deixei o devaneio de lado e me concentrei no exemplar erótico que estava em meu colo. Primeiro iria ler e, se me empolgasse, deixaria ligada a calcinha para ver onde chegaria. Espero que chegue ao meu limite. E, quando digo *limite*, é gozar decentemente. Era excitação demais para não dar em nada.

Coloquei o controle da calcinha vibratória em cima do sofá, no outro lado, pois era mais garantido para não me adiantar e deixar a ansiedade atrapalhar a estimulação. Não queria pensar muito, simplesmente queria ficar relaxada ao máximo e curtir. Deixar rolar para ver até que ponto isso me excitaria – apesar de que, já deveria ser muito excitante pensar em estar de calcinha que vibrava enquanto lia um livro erótico.

Revirei os olhos para minha fantasia e pelo momento que estava sendo obrigada a passar, por conta de um desejo que não conseguia realizar de verdade – aliás, com um pau de verdade. Abri a página em que havia parado e comecei a ler atentamente. Só que, por todos os deuses do sexo maravilhoso, aquilo estava me esquentando! Deixando-me úmida... E, ao ler a frase do Grey: *First, I don't make love. I fuck... hard.*[2]

Ok, não precisava de mais nada para me excitar pra valer, isso já bastava. E olha que nem era uma cena de sexo! Foi apenas uma frase dita pelo calor do momento, instantes antes do Grey levá-la para sala de jogos! Até a Ana achou que seria para jogar Xbox. Oh, inocência...

Levantei ligeira, mas, ao fazer isso, escutei a campainha tocar.

Holy shit!

Quem seria a essa hora? Não estava esperando por ninguém. Fui caminhando nas pontas dos dedos como se alguém fosse me ver naquele estado excitado e um pouco deprimente para uma

---

2. Em primeiro lugar, eu não faço amor. Eu fodo... com força. (Com a mesma tradução de *Cinquenta Tons de Cinza*)

solteira. Meu corpo estava quente e vibrando de prazer com o que tinha acabado de ler. Sentia-me muito molhada, podia afirmar que a calcinha pulsava com minha agitação. Estava ansiosa e o povo me perturbando a essa hora?! Por favor, né?

Cheguei perto o suficiente da porta e a campainha tocou novamente, fazendo meu corpo sobressaltar de susto. Com a respiração meio incerta, mantive a calma e inspirei fundo ao me aproximar da porta, olhei no olho mágico e NÃO ERA POSSÍVEL!

Oh, shit!

Era o meu vizinho.

Porra, o que eu faço agora?

– Moça, eu sei que você está aí, e deve estar me olhando neste exato momento; estou vendo sua sombra na porta! – olhei para baixo e bufei segurando o riso.

Merda, que voz perturbadora é essa?

Olhei de novo, mas agora um pouco afastada. Senti minhas entranhas se contorcendo de euforia e adrenalina. Isso era algum sinal de alerta ao meu corpo necessitado. Só pode.

– O que quer? – perguntei com a voz travada.

– Oi, sou seu vizinho, Paulo. Posso falar cinco minutos com você?

Hum, Paulo! Gostei...

PAUlo! – sorri com a infantilidade que pensei com as iniciais de seu nome. Propício, não? PAU! Nessa história toda o "lo" era um intrometido nesse nome.

Abafei o riso e pigarreei para deixar a voz com clareza, já que meu corpo fervia em um jubiloso desejo por ouvir sua voz eletrizante. PAUlo estava ali na minha porta!

– Hum, bem, vizinho, Paulo, é que estou meio ocupada, pode voltar daqui a uns dez minutos?

Droga, por que eu gaguejava tanto?

Cacete, recomponha-se, mulher!

Estapeei-me mentalmente.

– Não, não posso, abre, é rapidinho! – bufei e olhei novamente para baixo. Nua! Engraçado, não?! Meus olhos caçaram ao redor uma veste e não via nada que poderia me cobrir. Nem uma blusinha, toalha, jaleco, nada! Com sua impaciência por minha demora em respondê-lo, ele apertou mais três vezes a campainha.

Que insistente!

De repente uma luz veio até a mim. A cozinha ficou radiante em minha frente, como uma luz divina apontando o óbvio, e um avental amarelo do ursinho Pooh estava ali pendurado na banqueta. Corri na ponta dos dedos até lá para pegá-lo. Paulo ainda apertava de vez em quando a campainha. Ao me aproximar da pia, senti um leve deslize, e *pluf!* Caí que nem geleia! *Oh, Gosh...*

Minha coxa direita estalou fortemente no chão frio, fazendo-me escorregar pelo piso e chegar mais rápido à pia. Não sei que merda de líquido estava ali no chão, deixando-o molhado e muito escorregadio.

Porra! – gritei mentalmente esbaforida e muito irritada com o tombo, até que a voz sedosa voltou a dizer:

– Moça, está tudo bem por aí? – disse a voz deliciosamente preocupada; fiquei aturdida ainda no chão, estatelada e nua. Aliás, a calcinha vibratória estava em meu corpo, alertando-me, berrando, lembrando do o que estava fazendo antes do vizinho gostoso vir me perturbar.

Levantei devagar e conferi se havia me machucado. Só estava com um leve vermelho perto da bunda. Até queria rir da idiotice que aconteceu, mas não o fiz. Coloquei o avental amarelo gema com um enorme Ursinho Pooh sorrindo com a boca cheia de mel e o amarrei forte ao corpo. Eu até poderia atendê-lo, mas não sairia, apenas iria conferir o que fazia ainda ali. Acho que ele não repararia na forma em que estava, então, fui até a porta e abri só uma brecha.

Gosh, eu acho que morri e estava no paraíso. Só pode! O que é isso, *my Lord?!*

– Uau, você está gostos... – travei! Porra, eu quase soltei uma merda. Pigarreei a tempo, mas meu corpo incendiou em febre, meu rosto pintou um vermelho vivo. E lá, sabe? Bem lá embaixo, jorrou um líquido quente e prazeroso...

Gostaria de gemer bem mansinho, só para atiçá-lo da mesma forma em que estava me deixando, mas não deixei escapar, engoli os sons melódicos e sensuais e soltei logo as palavras.

– Quero dizer, sem camisa; aliás, o que você, Paulo, meu vizinho, quer?

Saco, eu me atrapalhei toda e, de quebra, fiquei ainda mais como um pimentão vermelho! Senti o calor se arrastar pelo pescoço e subir até as bochechas. O sorriso dele se esticou alegremente, seus olhos quase cinza fitavam meus ombros nus e a ponta do avental. Será que se ligou que eu estava nua?

– Olá, muito prazer. Desculpa chegar assim, você está mesmo ocupada? – perguntou simpático, mas naquela puta voz sedutora.

Não, na verdade era a tentação em pessoa! Um diabo dos mais perigosos. Aquela beleza era tão rara que deveria ser emoldurada.

Suspirei cheia de tesão apenas de vê-lo em minha frente. Observei Paulo que estava *só* com uma bermuda leve, estilo samba canção. Era vermelha e estava pendida naquele quadril charmoso e másculo. Meus olhos corriam em todo o seu corpo, tateavam cada pedaço de pele e de seus músculos definidos; até tentei disfarçar, mas era mega impossível.

Uma beleza assim é até pecado não olhar, então olhei mesmo. Sem pudor!

Em total controle sob meus gemidos, permaneci de boca fechada, apertando os lábios o máximo que conseguia. Só para não dizer as perversidades que minha mente projetava. Como por exemplo: nós dois trepando violentamente; eu chupando e lambendo cada parte dele; ele me chupando. Grunhi e pisquei fortemente apagando as tolas imagens. Oh, como pode ser tão gostoso esse meu vizinho? Minha calcinha estava pra lá de úmida.

No momento se encontrava encharcada demais... Eu sentia um latejar pulsante e constante. Era meu sexo avisando: *Homem à vista! Homem à vista!*

— Muito prazer... — depois de sei lá quanto tempo estendi a mão educadamente. — Sou Flora — porra, minha voz saiu em um fio meloso, ele sorriu e tocou minha mão.

Quente. Macia. Firme. Eletrizante.

— E não estou ocupada, o que foi? — emendei sorrindo como boba.

Até então eu não tinha reparado em sua outra mão. Também, nem era preciso, aquele corpo meio suado, forte e rígido tirava qualquer visão. Poderia ter a Katy Perry dançando conga que nem iria reparar! Mas, por conta do reflexo rápido da analisada que dei em seu corpo, reparei assim que ficou em meu campo de visão privilegiada.

— Flora, poderia me arranjar um copo de açúcar, por favor?

Na boa, eu daria o que ele quisesse! Aquela voz dele era muito excitante. Tesão multiplicado. Arrepiei-me com uma frase tão idiota: *um copo de açúcar, por favor.*

Gosh, eu estou necessitada de um homem! E você me manda essa peça rara em minha porta? Está testando minha santidade? Pois se for isso, não sei se consigo deixar passar... Preciso tanto disso e, bem, *poderia ser esse, por exemplo*. Pigarreei e voltei. Ele estava com a xícara branca estendida para mim.

— Claro — falei animadamente, mas parei de falar assim que me toquei sobre algo. Eu deveria mandá-lo entrar? Não, acho que não, estava nua e sem juízo. E outra, ele *só* queria um copo de açúcar, não queria *nada* além. — Vou pegar! — avisei tocando a xícara, mas ele recuou e, de brinde, deu um sorriso sacana.

Não entendi, oi?!

— Posso entrar? — essas duas palavras chegaram até meus ouvidos como um chocolate suíço; delicioso, mas com um preço caro. Contudo, sua sedução me ganhou ligeiramente. *Crap!* O que eu diria?

– Olha, Paulo, eu realmente estou... – ele me interrompeu.
– Flora, há dois minutos disse que não estava ocupada! – disse meio bravo, droga, ele me pegou nessa. – É só uma visita de boas-vindas! – sorriu tentando me subordinar com sua beleza. *Boas-vindas? What?* Ele acha que me mudei agora? Será que nunca me notou antes? Que idiota!

Bufei irritada.

– Não acho uma boa ideia, estou meio ocupada. Deixe para outro momento.

Alguém me cale, por favor! *Thanks.*

– Flora, será rápido. Podemos conversar um pouco, assim pegarei o açúcar e pronto!

Ele quer mesmo *só* o açúcar. *Sem graça.* Abaixei a cabeça ponderando a situação e de como fugiria dele para não me ver naquele estado? Mágica? Sair correndo? Ou melhor, arrastá-lo para meu quarto e mostrar tudinho a ele o que tenho de melhor? Infelizmente, nenhuma das opções idiotas.

Cerrei o cenho com sua atitude repentina, suas mãos estavam no batente e foi quando ele mesmo já empurrou a porta e a fechou atrás de si. Tudo muito rápido. Afastei-me dele por instinto, não porque queria essa distância, pois aquele corpo másculo me chamava para perto. Perto o suficiente para deslizar meu corpo nu ao dele. Entretanto, ao invés disso, eu me afastei mais e mais.

– Vou me trocar, espere aqui! – ordenei, mas de nada funcionou. Paulo se aproximou.

– Tenho uma proposta.

Sério, mesmo? Só me faltava essa!

– O quê? – acho que eu disse gemendo.

– Lendo *Fifty Shades*, quase nua, ouvindo música... Escutei você cantando no chuveiro, docinho. Parecia chamar alguém... Estou aqui!... – espera aí, *oi?* Em que mundo eu estava? Terra? Paraíso? Sinceramente, eu perdi algo nessa história? Algo estava muito errado.

– Hum, Paulo. Bem, não é o que está pensando! – sorri nervosa, agitando as mãos no ar. Como quem diz: nada a ver, seu doido!

– Você não tem noção do que estou pensando, Flora.

Que homem tentador... Apertei minhas mãos em busca de apoio.

O que eu faria? Apenas o encarei momentaneamente, aguardando o que Paulo tinha a dizer. Na verdade, eu estava muito curiosa com sua vinda até meu apê, mas, sinceramente, nunca soube muito bem lidar com esses tipos de homens, ainda mais assim: *sexy* e todo lindo. Era como se quisesse encaixar um plug moderno numa tomada vetor de modelo antigo! Não rolava. E outra, meu medo maior era: como lidar com tudo aquilo? Cruzei os braços em espera.

– Então, a proposta é a seguinte: você me dá um copo de açúcar e, em troca, eu te darei prazer! Que tal? – disse de boca cheia, todo confiante. Uau, que loucura!

Que vizinho mais abusado, contudo, tentarei ser mais ainda...

Isso aconteceu em um momento entre uma piscada e outra, eu estava perdida em algum lugar e não conseguia me achar. Que loucura era aquela? O cara mais gostoso que já vi na vida, querendo me dar prazer, era isso mesmo?

Vasculhei ansiosa em minha cabeça o que dizer, precisava raciocinar logo para dar-lhe uma resposta digna. Eu não poderia perder essa chance de ter um homem gostoso atrás de mim – ainda mais nessa situação limite em que me encontro –, mas, o que eu faria para ele? Com ele? Onde? Como? Eram tantas questões que borbulhavam em minha cabeça, e eu nunca soube lidar com isso. É muita pressão.

Bem, eu sonhar e ter fantasias com ele é uma coisa, agora, ele vir até aqui e oferecer de bom grado é outra totalmente fora de questão. Parecia ridiculamente agradável a ideia, mas parecia mentira. Seria falso?

– É... bem, o que disse? Porque assim, você tem namorada e tal, por que está aqui? – eu me soquei mentalmente por ter soltado essa merda.

Pare de arrumar desculpas, por favor. Grata.

– Já disse, Flora. Estou reparando em você há algum tempo. Está aqui sozinha, sinto a quilômetros o cheiro de tesão que você exala. Estou sozinho agora, você não me quer...? – ele fez uma cara de sedução, segurando aquela boca maravilhosa num sorriso travesso, e colocou aquelas mãos grandes na cintura. Olhei de cima a baixo aquela beleza. Era pouco chamá-lo de sonho perfeito, era simplesmente irresistível. Era um convite irrecusável ter aquele corpo em cima de mim... Dando-me prazer, retribuindo com esmero a cada toque... Eu queria literalmente explodir no corpo dele!

Sua bermuda, com o tecido leve, mostrava como já estava excitado, duro como um aço, e tudo isso era por mim! Pode uma coisa dessas? Eu não acreditava na tal verdade. Meu sorriso queria rasgar meu rosto ao meio! Só poderia ser um sonho molhado. Eu, Flora, com um todo-poderoso na sala. Excitado! Oh, cacete, isso só pode ser zoeira, ele está de gozação com minha cara de nerd!

Com esse último pensamento verdadeiro, fiquei empertigada e grunhi.

– Olha, Paulo, estou sozinha há muito tempo – estalei os dedos em sua frente, ele me fitava sério. – Ninguém me nota, tá legal, nem mesmo os mendigos. Então, não me venha com essa! – disparei brava.

O que aconteceu com a excitação? Paulo se aproximou mais e ficou encarando fielmente meus olhos. Aquele olhar cinza era penetrante.

– Mentira sua – ele foi se aproximando mais, chegando bem pertinho. – Você é uma mulher linda, tá certo que se esconde por trás de suas roupas de professorinha nerd, mas é um tesão vê-la toda coberta. Todo dia eu imaginava como seria por baixo dos panos... Deixa-me te ver, Flora... te saborear! – ok, com esse seu sussurro chamando meu nome, minha calcinha encharcou novamente!

– Paulo... – eu só conseguia no máximo gemer.

– Flora, me diga com sinceridade, quanto tempo você não...? – agora eu o interrompi.

– Opa, que isso, rapaz! – sorri nervosa e ajeitei o avental amarelão que mostrava algumas partes do meu corpo. Imagina se me virasse de costas, era todo aberto atrás!

Deus, ele precisa ir embora, senão vou ter um treco aqui. Nem nos conhecemos!

– Flora, você é muito gostosa. Vamos, pare com isso, por que está se escondendo de mim? – sua voz me deixava ligada a ele. Era pura luxúria. – Suas pernas são bem torneadas, sua coxa parece firme, sua pele deve ter uma maciez divina, na barriga lisa posso imaginar um *piercing* bem aí... – apontou. Corei, realmente tinha. Pigarreei e encostei a mesa. Ele foi vindo... vindo para minha frente. – Seus seios, minha nossa, estou vendo as curvas deles, quero apalpá-los, chupá-los. Eu sempre gostei de peitos grandes, e o seu é perfeito. Imagino seus mamilos rosados, durinhos e macios. Deixa-me ver... – por todo controle feminino, o que era isso?

Eita porra, era uma loucura! É só o que consigo pensar.

– Pensei que os homens fossem ligados a bunda! Pois eu sou toda desproporcional. Só tenho peitos! – novamente bufei irritada, droga, não era para sair em voz alta.

– Não, *baby*, nós homens somos loucos por peitos. Pode apostar, e o seu é um tesão! – *baby*? Ok, isso sussurrado era delicioso. Sua boca estava próxima. Pensei em dizer para se afastar ou ir embora, mas por quê? Já que *ele* invadiu minha casa, por que não aproveitar? Quem saberia? Oras, ninguém! Então, *enjoy* garota!

Minha nossa, até que enfim, melhor conselho até o momento. Relaxei.

– Sabe, Flora – ele foi até o sofá e pegou o controle! Porra, o CONTROLE da calcinha. Como ele sabe disso?! Corei ainda mais.

– Eu adoro brincar!... – seu sorriso se esticou malicioso. – Você não namora? – apenas fiz que não. – Ainda não me respondeu quanto tempo não faz sexo... – disse como se perguntasse se estava tudo bem com minha mãe! Gente, o mundo está assim, é? Encarou o pequeno objeto em mãos e apenas ameaçou a apertar o botão, mas me encarava e olhava na região da calcinha.

– Um ano...

Vermelho era pouco para meu rosto, estava quase roxa.

– Uau, jura? – fiz que sim envergonhada. – Imaginei que seriam alguns meses ou dias, mas, enfim, seu prazer hoje será recompensado, *baby* – apertou o primeiro nível do controle, eu me contorci levemente cruzando as pernas.

Céus aquilo vibrava pra valer! Ah...

– Flora, você nunca brincou? – perguntou chamando minha atenção, olhei-o como quem diz: *o que, não entendi?* Mas seu gesto me fez ver o que dizia descaradamente. Paulo levou o polegar até aquela boca molhada, chupou-o lentamente, em seguida, fez um gesto com o dedo em círculos.

– Não! – murmurei seca. Aliás, quase soltei: *pensei em fazer hoje, mas desisti!*

– Vamos brincar então...

Oh, que puta voz, meu! *Posso gozar agora?*

– Paulo... como... você... sabia... disso... – fui gemendo pequenas palavras, ele aumentou um nível. – Hum... minha nossa... Solta... isso... – falei entredentes, mordi minha bochecha por dentro, na tentativa de me conter.

– Quer mesmo? – atiçou.

NÃO! Claro que não, era esse meu olhar.

Ele segurou o riso, apertou no nível mais forte e foi diminuindo, eu quase tive um orgasmo. Concentrei-me em ficar quieta, pois se eu movesse o corpo, tudo explodiria num orgasmo violento. Fiquei imóvel enquanto Paulo me encarava com seu sorriso molhado e rasgado. Sorri envergonhada. Essa não foi a forma que eu pensei em conhecê-lo. A nossa primeira vez estava intensa demais para meu gosto. Porém, tentadora demais para resistir.

Enquanto meu corpo estava no ponto, fervendo, Paulo se afastou por um segundo e me encarou.

– Tire esse avental! – ele não pediu, mandou. Mas eu obedeci. Sua voz me fez acatar a ordem imediatamente. – Agora, relaxa *baby*. Eu não vou te machucar, será só um pouquinho de prazer... – sua voz era cheia de juras e eu queria acatar todas elas. Entretanto, joguei meu melhor sorriso e um olhar quente em sua direção. Eu entrei em seu jogo, mas se for para jogar, vamos jogar diretinho.

– Veio até aqui, me fez ficar nua na sua frente, para me dar *só um pouquinho* de prazer? – perguntei de supetão enquanto deixava o avental cair sob meus pés.

Aquele olhar dele já havia me ligado. Eu queria aproveitar. Ele adorou minha malícia e sorriu alto, gostosa demais a risada. Paulo encarava meus seios, minha barriga lisa com o detalhe do *piercing*, talvez tenha ficado ainda mais excitado por ter acertado. Mirou meus olhos e novamente, com seu riso *sexy*, disse:

– Touché, *baby*, achei sua fera! Agora... – pegou em minhas mãos frias e me conduziu até o sofá, sentou-me no meio do mesmo; abriu lentamente minhas pernas, suas mãos eram gostosamente quentes. Foi um choque poderoso ao tocar a fina pele na coxa, subindo levemente até a barriga. Ele estava muito próximo, senti seu cheiro e sua pele fogosa e macia. – Vou controlar seu prazer, ok? Só fique relaxada... E, por favor, não se mova. Não se mova – sussurrou em meu ouvido. *Como assim?*

Gemi. O que poderia fazer mais do que isso?

Paulo apertava e brincava com o controle em mãos. Variando o ritmo da brincadeira. Ditando a forma que ele queria ver meu prazer. Tudo isso era de frente ao meu corpo, ajoelhado por mim. Eu podia ver seu pacote escondido atrás daquele short largo. E já imaginava quando *aquilo* tudo estaria dentro de mim!

Ele tinha o total controle dos meus espasmos. A forma que eu gemia fazia Paulo me olhar cheio de desejos, querendo ouvir ainda mais o meu gemido prazeroso. Eu queria me mexer, mas meu corpo estava preso ao olhar dele. Não sei quanto tempo aquilo duraria, mas estava muito gostoso, prazer enérgico. Por incrível que pareça, eu estava relaxada e muito, muito excitada... a ponto de... de... ai, Paulo...

– Flora, olhar você sentindo prazer e gozando será uma honra. Sabe, às vezes que te vi no elevador, fervendo em febre sexual; eu queria te pegar de mil formas diferentes! Eu fazia aquelas coisas só para te provocar. Além do mais, você sempre com suas roupas recatadas, seu óculos de mocinha inocente, escondendo tudo de mim. Agora eu verei tudo! Todos os seus lados...

– Hum... – ele aumentou drasticamente o nível de prazer, fazendo-me contorcer no sofá. Eu queria agarrá-lo, fazê-lo entrar em mim, ou mesmo cruzar as pernas para sentir a profunda onda que estava por vir, pois meu clímax estava vindo com total força, mas seu olhar me proibiu de fazer. Sorri travessa, ele retribuiu com outro mais ainda.

Concentrei-me com toda força que ainda existia em meu ser. Na frente daquele homem absurdamente delicioso. O orgasmo estava por um fio de explodir e expandir prazer e relaxamento satisfatório por todo meu ser. O formigamento estava vindo lentamente deleitoso... Sentia-me tão úmida, tão saborosa para ele me degustar...

Eu abri a porta da minha casa para aquele perfeito ser entrar e me dar prazer. Quem receberia esse tipo de convite tentador? Quem em sã consciência faria isso? Mas eu não estava em mim... Eu queria demais isso. E dou minha cara à tapa para saber quem não deixaria esse lindo de morrer lhe proporcionar um prazer sem fim!

Há tempos eu não me lembrava de um orgasmo, e agora estava tendo na frente de um desconhecido puramente gostoso. Que destino! Esqueci qualquer baboseira e me entreguei ardentemente ao gozo, deixando meu corpo sacolejar com todo prazer que expandia sobre mim... Até a camada fina de suor brotar em minha pele sensível. Bem, o meu sexo implorava por mais, sentindo falta de algo, o que seria?

Ah, sim, algo grande e grosso! E eu queria muito mais daquilo tudo...

– Mais? – perguntou arteiro.

– *Oh, yesss...*

– Flora, eu estou lendo isso em seus olhos. Vou te ensinar a brincar! – sussurrou. Eu estava um pouco exausta pelo esforço e por ter recebido estimulações na região mais sensível do corpo. Respirava pesado e estava meio mole. Contudo, eu queria mais... Muito mais...

Com cuidado ele tirou a calcinha, deslizando-a por minhas pernas. O arrepio fez todo percurso de suas mãos macias. Nossa, quanto tempo não sou tocada dessa forma! Senti tanta falta disso... Agora, com Paulo ali, iria tirar meu atraso! Sem dúvidas. Quando olhei em sua mão e vi a calcinha, pude ver como estava encharcada. *Gosh.*

Good job! – pensei sorrindo a ele.

Mas, para meu susto, sem pedir licença ou dizer ao menos o que iria fazer, Paulo deslizou o polegar em meu clitóris. Fazendo-me contrair o corpo e fechar as pernas molengas. Porém, seu primeiro contato já espalhou o desejo novamente em meu corpo que implorava por mais.

– Relaxa! – advertiu-me.

Deslizou o dedo devagar fazendo pequenos círculos, sentindo minha abertura quente e molhada. Fazendo meu corpo reagir no mais puro arrepio. Senti necessidade de beijá-lo, de tocá-lo, mas me mantive quieta, a não serem os gemidos que não conseguia segurar.

Paulo passou para o indicador que deslizou um pouco para dentro, sentindo a parede vaginal engoli-lo e recebê-lo com carinho e quentura. Seu contato visual era arrebatador, como se ele me conhecesse, que não precisasse de mínimas apresentações. Paulo simplesmente agia a mim, fazendo-me abrir somente a ele. Isso era confiança destemida em um homem. Uma experiência que jamais se repetirá em minha existência. Esse homem é um puta deus do sexo! Fala sério...

Seu contato permaneceu até que meu corpo se acostumou com seu dedo abrindo passagem pela minha abertura, num vaivém pra lá de *sexy*. Relaxei visivelmente, mesmo tendo esse devaneio ridículo quando ele ainda me tocava. Nem sei como conseguia pensar tanto com um homem fuçando dentro da minha xaninha! Sorri e ele sorriu de volta, recuperando meu tesão absurdo por ele.

Porra, como pode falar tanto de um sorriso sem graça de Mona Lisa, quando há tanto o que se admirar...

Fechei bem os olhos e encostei a cabeça no sofá, até que Paulo enfiou um pouco mais, deixando-me gozar abertamente. Gemi soltando todo ar que se acumulou nos lábios sedentos pelos dele. Como eu queria conhecer aquela boca!

Abri os olhos para ver mais uma vez aqueles lábios bem feitos, lindamente pincelados, uma verdadeira obra de arte. Quando eu ainda admirava seu contorno inferior, ele tirou seu belo dedo longo e levou-o à boca. Com meu gostinho. Isso foi muito excitante de ver.

– Deliciosa. Saborosa como imaginei. Logo mais sentirei de verdade. Agora, pegue seu dedo e brinque! Agora – sua ordem era direta e tentadora.

Paulo é um daqueles homens ordinários que sonhamos em conhecer. Bom de cama. Lindo. Safado. Irresistível. O cretino perfeito com suas falas mansas e mandonas. Se um dia me perguntassem o que espero de um homem, diria: inteligente, educado, carinhoso, romântico, cavalheiro, assim por diante. Acho que é o que toda mulher deseja. Entretanto, sabe o que me diriam sobre esse tipo de cara? Pois bem, esse tipo de cara procura outros caras! Deixando claro uma coisinha: toda regra tem sua exceção. Agora, hoje se me perguntassem, eu diria: selvagem, *sexy*, lindo, também inteligente (ele teve uma estratégia e tanto para me comer) e, claro, poderia dar nomes: *PAUlo, por favor!*

Assim que tive a visão dele ajoelhado em minha frente, eu me concentrei em sua beleza. Já não estava tão envergonhada. Ah, qual é? Ele já me fez gozar duas vezes, repetindo: *duas vezes*! Me masturbar em sua frente seria fichinha, não?

Com esse pensamento, devagar brinquei, comecei passando apenas o dedo médio em toda minha área sensível, estava quente e deslizava à beça. Era até gostosa a sensação, claro, nem precisava imaginar nadinha de cenas *sexies*, havia algo muito inspirador em frente. Um par de olhos azuis quase cinza, vendo-me e desejando que eu fizesse aquilo. Era inspiração demais. Visualizar essa cena era melhor que qualquer filme pornô barato. Era o melhor estimulador da face da terra.

Com coragem e confiança de sobra, fui enfiando o dedo devagar, sentindo como nunca me senti antes. Voluptuosa! Era boa demais a sensação. Um poder que tinha sobre meus dedos, sobre meu corpo que mal sabia. E a magia do momento crescia naquele espaço entre a gente, era primoroso ver meu prêmio, o olhar daquele homem que assistia com primor o meu prazer. Quanto tempo eu perdi em minha entediante vida... Mas com Paulo presente nesse momento, eu iria recuperar cada sentido de volta e isso ajudaria não só no meu dia a dia, ajudaria a ter de volta o que mais faltava em mim: confiança em meu ego!

Logo após alguns minutos deslizando e brincando com meu sexo, entreguei-me literalmente ao meu momento, ao orgasmo que veio rapidamente. Encostei a cabeça no sofá para respirar melhor e senti o alívio me corroendo lentamente.

Paulo estava com um sorriso vitorioso em seu rosto de cretino lindão, ele me pegou no colo levando até a divisão da cozinha com a sala, jogou-me na mesa de mármore, deixou-me estirada, descansando cada músculo relaxado. Aproximou-se ainda em silêncio e não me deixou falar mais nada. Finalmente grudou sua boca carnuda na minha, dando o beijo da morte, pois eu nunca senti tal sensação de prazer, acho que depois disso morreria, mas partiria desse mundo feliz e satisfeita. Realizada.

Sua língua levemente buscava a minha, num beijo esfomeado e também carinhoso. Enquanto sua boca estava grudada na minha, levemente plantou algumas mordidinhas no lábio inferior, depois novamente nossas línguas ficaram numa dança alegre e sedutora. Que boca quente... *My favorite lips...*

Suavemente deixando meus lábios, foi percorrendo um caminho pecaminoso no queixo e descendo uma linha invisível no pescoço, mordiscando levemente, arrepiando-me inteira. Passando-me toda quentura existente apenas com seus lábios mágicos. Chegando ao meu ponto fraco, mordeu meus seios, arranhando com os dentes todo contorno dos mamilos que, no momento, eram seu doce. Sua perdição. Descendo para a barriga, deslizou a língua em círculos até o *piercing*, onde deixou molhado, quente e uma ligação incrível lá embaixo. Parou e me encarou. Sua boca estava muito próxima à minha entrada. Eu podia sentir sua respiração. Indo e vindo.

– Agora, *baby*, seu melhor sexo oral, nunca se esqueça disso! – prometeu num sussurro provocante. Eu não entendia sua vontade sobre meu corpo, seu interesse comigo, e isso estava me frustrando. Apesar de estar amando fazer toda essa loucura com o vizinho gostoso, e não querer nunca mais parar... Mas havia um... Por quê?

Era uma questão, a saber, e discutir.

– Porque eu? – sussurrei antes de sua boca chegar lá.

Nesse exato momento em que seus olhos potentes se encontraram com os meus confusos, eu tive um leve medo. Um receio, um aviso. *Isso pode não prestar*, não no sentido ruim, mas no sentido de eu querer algo mais, futuramente. E se ele não quiser mais disso, será ainda mais frustrante a rejeição...

Nesse momento meu inconsciente brigava com a razão. Na verdade, eu só deveria calar a boca e tentar não me apaixonar!

– Shh, porque eu quero você. Simples, não? – isso foi um tapa na cara! Eu só deveria relaxar e gozar e curtir e não me apaixonar, certo? É esse o plano.

E dali não saiu mais nenhuma palavra da minha boca. O único som de todo ambiente era do meu gemido, com a primeira mordida no clitóris. Leve e suavemente ele sugava e mordiscava tudo em volta, com calma, sem afobações, como se soubesse exatamente o nível de tesão que nos proporcionava. "Ele deve ter muita experiência pra saber exatamente tudo isso", bufei com o pensamento. Nesse momento o cara mais delícia do mundo, lindo de morrer, está com a boca no meio das minhas pernas e eu preocupada de como ele chupa outras mulheres? *What the fuck?* Eu tenho problema, fala sério!

Depois de todas sugadas precisas e deliciosas, por fim, enfiou sua língua ao fundo, em meu âmago. Paulo sentia meu corpo se contorcer e sacolejar, sentia a vibração que passava por cada parte. Outro orgasmo se formou quente e único. Deixando-me tremelicar em cima da mesa.

Wow, sex on the table! – pensei rindo.

Levei as mãos no rosto, constatei que minha pele se encontrava muito suada e hipersensível. Estava exausta, porém ainda muito ativa. Em meu corpo todo havia uma fina camada de suor, mostrando toda minha excitação, mas nós não estávamos nem ligando pra isso. A pergunta agora é: *Quando eu teria isso novamente?* A resposta: *Nunca*.

Então, vamos aproveitar cem por cento o serviço de boas-vindas do garotão ao lado. Olha só, foram *quatro* orgasmos que eu tive até o momento e sei que não vai parar por aí! Eu gozei maravilhosamente quatro vezes com esse cara me estimulando, e ele ainda iria entrar em mim... Mas, antes que fosse tarde demais, eu teria de aproveitar também.

– Agora, se me permite, Paulo, eu gostaria de sentir o seu gosto... – eu estava, na verdade, morrendo de curiosidade, queria senti-lo, chupá-lo, fazê-lo sentir o puro prazer. Coitado, também depois de tanto me ver gozar, deveria estar com as bolas roxas!

– Às ordens – sorriu malicioso.

Ele era muito sem-vergonha mesmo. Claro que era, sem mais nem menos pedir para entrar na casa da vizinha para lhe proporcionar prazer, deveria ser um sem-vergonha de primeira classe! Estou começando a achar que deve ser seu nome do meio! Sem medir esforços ou ficar acanhado, Paulo puxou a bermuda numa rapidez tremenda e aquele mastro poderoso apontou pra mim.

Wow, desculpa aí, Senhor-Pinto-Grande!

Com toda sua magnitude fiquei sem ação e de boca aberta ao ver como era generoso e muito grosso seu pau! Nu, Paulo foi caminhando até o sofá. Parei por alguns segundos sem respiração para admirar o formato perfeito de sua bunda masculina. Porra, nem em meus sonhos mais perversos eu projetaria a bunda perfeita. Curvei até o pescoço para o lado a fim de analisar com cuidado o formato, amaria sentir a textura e maciez; claro, eu desejei morder... Paulo me flagrou olhando com admiração e boca aberta, sorriu ao sentar-se confortavelmente, colocando as mãos atrás da cabeça, esperando.

– Todo seu, *baby!* – falou todo pomposo em sua voz máscula e rouca. Fiz até um charminho. Sorri e remexi o corpo ao ritmo de *"Bitch – Rolling Stones"* que começou a tocar no som em outra pasta. Nessa loucura toda, nem notei que tocava ainda música, mas agora seria diferente. Seria marcante. – Isso, Flora, remexe pra mim... Está deliciosa – sua voz era honrosa.

Deu uma piscadinha. Ajoelhei-me a sua frente como sua submissa. Paulo sustentava um sorriso e, de vez em quando, mordia aquela boca que amei beijar. Passava a língua entre os lábios só aguardando minha façanha, não tardei seu desejo. Deslizei as mãos em suas coxas que, por Deus divino, eram tão grandes, e melhor, havia uma tatuagem em cada uma delas. Uma com uma caveira em preto e cinza; na outra um navio pirata muito foda, colorida e rica em detalhes. Aliás, Paulo tinha outras tatuagens; uma frase no tórax *"Chase your dreams"*, com letras sombreadas, grandes e bem desenhadas. Também havia uma nas costas, um escorpião gigante. Isso o deixava mais *bad boy* e delicioso. Nunca tinha ficado com um cara desse tipo, mas está sendo maravilhoso e perfeito. Ele se encaixa nessas categorias!

Paulo se arrepiou com cada toque que deixei sobre seu corpo, e isso me encantou verdadeiramente. Eu estava dando prazer a esse homem divino. Único.

Sem deixá-lo esperar muito, abocanhei aquele pau gigantesco com voracidade. Saboreando da cabeça até as bolas. Brincava apertando-o nas mãos num molejo delicioso e abocanhava mais e mais aquela agressividade que tinha o nome de "pinto". Era pedir demais que tivesse um pau grande, mas não um monstro daquele. De início, confesso que fiquei meio assustadinha, mas estava sendo um prazer aquilo tudo. Se na boca estava assim, imagina lá...

Paulo não gemia, ele grunhia fervorosamente, mas antes de atingir o clímax, ele puxou a toalha da minha cabeça, da qual já havia até me esquecido. Eu a prendi tão fortemente que nem me lembrava desse detalhe. Grudou no emaranhado de cabelo que estava meio seco meio encharcado de suor e com isso tirou meus lábios de lá.

– Nesse momento eu quero gozar dentro de você, não na sua boca! – grunhiu segurando um monte de cabelo. – Aqui, por enquanto, só vai ganhar beijinhos! Quem sabe depois... – disse piscando e me deu um beijo ainda mais gostoso, mordendo meus lábios molhados com seu gosto.

Aliás, uma bela mistura de sexo com seu perfume de homem único!

Deitou-se ao tapete e ali pediu para montar nele, só que virada de costas a ele. Ordenou-me a colocar as mãos em seus calcanhares e deixar o bumbum empinado na sua direção.

– Senta lentamente, sentindo toda extensão disso aqui – ele segurava sua ereção para eu me sentar. Coloquei uma perna de cada lado, de costas a ele. Paulo acertou em cheio um tapa ardido na bunda. Gritei com o susto e, quando estava abaixando, outro tapa surgiu. – Esse foi exagero, mas sua bunda é demais, *baby*! – alisou onde bateu. – Calma aí, me deixa dar uma mordida! – antes de eu pensar em dizer qualquer coisa, já levei uma mordida forte na nádega direita e mais um tapa na esquerda. Virei olhando furiosa para ele. Deveria dizer que pensei em fazer o mesmo com ele naquela bunda sensual. – Desconta tudo agora, *baby*, senta! – grunhiu segurando seu mastro.

Sentei devagar sentindo-o entrar fundo e se adaptando à minha parede vaginal. Era desproporcional seu pênis com a minha vagina; eu me sentia tão pequena com sua monstruosa ereção, mas, que nada, olha só, serviu certinho!

Gememos juntos dessa vez, balancei meu quadril em sua volta, cavalgando devagar e sentindo-o por todos os lados. Eu estava preenchida desse calor. Desse desejo que, até pouco tempo atrás, era distante e proibido. Desconhecido. Agora era só meu. Tudo meu. Possessivo era uma palavra pequena perto do que eu já sentia por ele. Não queria mais sair dali de cima. *Ele é só meu.*

– Flora, rebola devagar, como se fosse fazer um oito com o quadril... – ajudou-me em sua dica.

Porra, isso era muito bom... que demais...

– Agora abaixe o corpo, e toque meus calcanhares, mas não pare de rebolar!... – sua voz era pecaminosa. Estava rouca e sedutora. O prazer era para ambos dessa vez, então ele mal tinha palavras.

Fiz o que pediu, e minha nossa senhora de todos os pecados gostosos. Era um prazer ao múltiplo! Estava tocando em meu ponto G. e, com toda certeza, o prazer para ele era divino. Uma visão e tanto para seu ego masculino. Fechei os olhos e deixei os ouvidos apurados, queria gravar algo em minha mente... Seu gemido era como uma música sedutora para os melhores momentos da vida. Senti que deveria ser apenas meu seu gemido.

Assim que voltei à realidade do momento, pude ver que estava mais relaxada com seus toques, entretanto, *um* deles me deixou desperta, quase me levantei, mas ele segurou meu corpo. Tocando o meio de minhas costas, um pouco acima do cóccix.

– Relaxa, *baby*, é que estou numa visão privilegiada, deixe-me curtir isso, você vai gostar... – voltei a ficar leve, seu tom de voz fez isso.

Contudo, senti apenas prazer ao que ele fazia. Eu movia o quadril contra seu corpo sem parar, Paulo apertava o seu ao meu, e seu dedo passou a brincar nos fundos. Molhou seu polegar na boca, pois ao me tocar senti úmido, mas tirava e voltava, e sim, mesmo me penetrando a frente, Paulo passava o dedinho mindinho em minha bocetinha molhada, e voltava para os fundos, deixando apenas a pontinha entrar e brincar com meus sentidos.

Essa posição era meio incômoda, mas muito prazerosa. Gozaríamos rápido demais, portanto, quando isso chegava ao limite, dávamos um tempinho. Paulo conduzia superbem esse tempo limite. Respirávamos e recomeçávamos. Seu dedo entrou quase que por completo dessa vez. Paulo, com a outra mão livre, puxou forte meu quadril, estocando de vez e nos fazendo gozar loucamente.

Ficamos por cinco minutos no mesmo exercício, até esgotarmos nossas últimas sensações. Ele é o mais foda de todos. Eu não tinha palavras para esse sexo. Para cada orgasmo que ele me proporcionou.

– Um tempinho, por favor!... – pedi gemendo. Levantando bandeira branca. Eu estava fraca, e só disse isso, pois quando o olhei, ele estava de pau duro!

Que medinho, gente... Pelo amor de Deus, isso era surreal!

– Todo tempo do mundo, gata! – disse sugando meu seio. Desceu com a língua até a barriga suada.

Lord, será que ele não sabe o que é *"tempinho"*?

Olhando-o agora depois do sexo, era a mais pura e original visão do paraíso. Nu, suado, pernas tatuadas encantadoras e torneadas, pênis duro, um rígido lindo. Havia uma pintinha bem na cabeça de seu pau. Sorri e corei ao olhá-lo, e Paulo ver o que estava vendo. Tórax firme e másculo, abdômen todo repartido certinho em gominhos. Assim como sua entrada da barriga. Fascinante. Pelos numa quantidade charmosa. *Sexy*. Curtos e bem aparados.

Rosto satisfeito. Eu jamais pensei que teria um prato desses em minha mesa, mas eu tive e adorei apreciar. Entretanto, estava com muito medo agora. Mais do que estava quando comecei a me tocar sobre os riscos e perigos que poderiam nos acontecer, futuramente.

– O que faz da vida? – perguntei, esticando-me para colocar os músculos em ordem. E, na verdade, para esquecer a idiotice que pensava.

– Professor – eu sorri alto. Sua testa ficou com um vinco delicado. Ele não gostou da risada. Sinto que ficou ofendido.

– O quê? – gargalhei. – Mentira, né? Do quê? – e só parei de rir com seu olhar sério. Encarei seus olhos cinza e aguardei a resposta.

– Por que a graça? Na verdade, sou treinador de MMA – disse dessa vez com um sorriso *sexy*. Desarmando-me completamente, fazendo-me querer mais...

– Uau, jamais diria. É por isso que escuto uns barulhos de socos?! – falei encarando aqueles olhos sorridentes.

– É sim. Então quer dizer que fica me ouvindo também? – peraí, e esse *também*? Isso quer dizer que sempre fica me ouvindo ou foi coincidência?

– Talvez – sorrimos juntos. – Bem, às vezes escuto você cantar! – exclamei rindo.

– Sou péssimo nisso! – concordei rindo.

– Quantos anos você tem, Paulo? – perguntei curiosa. Ele abriu um sorriso largo, sufocante. Beijei seu queixo e fui subindo.

– Trinta e um, e você deve ter uns vinte e dois?! – falou com a boca grudada na minha. Sorri sobre sua questão. Aliás, gargalhei.

– Está de brincadeira, não? – perguntei com os olhos risonhos, ele balançou a cabeça dizendo que não enquanto chupava meu pescoço. – Eu tenho vinte e seis! – falei cheia de orgulho.

– Uau, é ainda mais perfeita! – lambeu até o colo dos meus seios.

– Você que é perfeito, meu lutador *sexy*! – mordi sua orelha. Até que nem tinha reparado, mas não era feia e machucada como achei que seria depois da revelação de que era treinador de MMA. Sim, ela tinha algumas imperfeições, mas não muito, a ponto de ser feia.

– E você, professorinha! E melhor, de línguas... – ele sabia demais sobre mim. – E que língua!... – emendou cheio de malícia e já veio novamente para cima de mim. Ele só estava esperando o momento certo. Acertou-me um golpe de Jiu-Jitsu, prendendo-me em seu corpo quente e ainda suado do nosso sexo.

– Paulo, me diga uma coisa, como será daqui pra frente? – perguntei, sentindo-me uma idiota, mas era meu direito saber sobre isso. Deixei o orgulho de lado e também o medo, que era mais propício. Pois bem, tive coragem e joguei logo.

– Flora, eu gostei disso. Quero repetir até... sei lá, sempre? – disse, encarando-me. Fiquei muda e embasbacada, era isso mesmo? Tipo, *forever*?

– *Oh, really*?! – acho que falei mais para mim do que para ele, encarei seus olhos risonhos. – Desculpa, jura? – ai como sou realmente uma idiota. *Shut up!* – Quero dizer, e sua loira dos sonhos? – quis saber.

Paulo estava por cima de mim, apertou mais meu corpo ao chão, fazendo-me senti-lo inteirinho. Entrou novamente em mim. Fazendo a temperatura subir e esquentar. Nessa loucura toda, já havia esquecido até meu nome!

Seus beijos quentes vieram arrastando por meu queixo, boca, orelha, pescoço. Sua mão direita segurava meu seio, a esquerda estava apoiada com o cotovelo ao chão. Paulo me preenchia lentamente. Com movimentos precisos e bombásticos dentro de mim. Gemi e o olhei cheia de desejos por suas encantadoras palavras. Eu queria mais disso, pra sempre!

– Flora, por você ser professora, deveria ser mais atenta às coisas; eu disse assim que entrei: *estou sozinho*. Isso quer dizer, estou sem namorada! – corei.

Eu teria mais disso então?! *Yes, baby!* Vibrei mentalmente sem acreditar que poderia ter isso muito mais. Não só um dia, não só mais um orgasmo. Era até o nosso ritmo ditar fim. Que era bem provável que iria demorar. Eu teria esse homem à hora que ele quisesse, sem pestanejar, sem medir consequências, até ficar inchada, assada, ferida... Mas eu o teria.

– Hum, entendi – pigarreei e gemi junto com sua estocada mais profunda e intensa. – Isso quer dizer que voltará mais vezes...? – eu sabia, mas isso foi apenas uma confirmação para meu ego feminino. Era só para escutar que sim. Ele voltaria.

Seu sorriso e seu olhar fizeram meu rosto queimar de paixão e senti um fogo subir junto atacando meu coração. Pegando-o de surpresa. Não gosto de surpresas, mas essa, com toda certeza, foi muito agradável. Um convite irrecusável para os próximos dias de pura luxúria e descobrimento do que sou capaz.

O ritmo lento e poderoso de suas estocadas continuou até a resposta sair lindamente dos lábios mais magníficos que já vi e senti. Eu estava orgulhosa disso.

– Claro, eu preciso vir mais vezes buscar açúcar para fazer um melado. E, de quebra, saborear um doce que me viciou... – sussurrou, estocando-me lentamente, deslizando a língua da boca para o queixo, para meus seios...

– Hum, e o que seria? – gemi encarando seu olhar quente e fogoso.

– Você...

Ali me deliciei no açúcar quente e saboroso que era seu beijo e seu sexo.

Paulo seria meu *sugar* a partir de agora, e eu seria a sua *suga mama*!

PARTE II

O PECADO MORA AO *Lado*

VISITA AO *Vizinho*

E num sofrer de gozo entre palavras,
Menos que isto, sons, arquejos, ais,
Um só espasmo em nós atinge o clímax:
É quando o amor morre de amor, divino.

Carlos Drummond de Andrade

Ouvi um grito abafado:
– Você é uma vadia sortuda!
Foi o que Mandy me disse ao contar a ela sobre Paulo, na segunda-feira logo cedo na diretoria. Contei tudinho – não em detalhes – o que fiz com Paulo no sábado e domingo em casa.

Na segunda já estava acabada, toda dolorida, mas, ainda sim, saciada e queria mais!

Quatro semanas depois, cá estou eu ainda querendo mais... E Mandy via isso em minha cara de tarada que fazia ao ler escondida a mensagem de Paulo, enquanto ela ainda falava do marido que estava meio pra baixo. A mensagem dizia o seguinte: *"Saudade de sua bocetinha quente. Logo estarei aí... quando digo "aí", me refiro dentro dela! Beijos do meu pau grandão."*

– Dá pra se concentrar no que estou te falando? Acho, na boa, uma puta falta de sacanagem o que faz comigo. Estamos almoçando juntas e você falando com o brutamonte putaria! Que erro foi ter te emprestado *Cinquenta Tons*! – ela reclamou rindo. Eu a fitei com meu sorriso lascivo por ter me esquentado com essa mensagem.

– *Sorry dear*, eu não tenho culpa de ter o Senhor-Do-Sexo--Maravilhoso em mãos! Aquele do qual me pega de mil formas diferentes! *Cinquenta Tons* não me influenciou em nada! Apesar de ter me dado várias formas de fazer sexo! – sorri e ela me deu um tapa. Mostrei a língua e guardei o celular.

– Ele deve ser demais pelo que fala! Achou seu Sr. Grey!

– Você não tem noção, *baby*... – suspirei. – E ele não é o Grey, é muito melhor, é o PAUlo Castelan, já te disse isso! – caímos na risada como duas loucas. – Bem, você não sabe o que fizemos sábado passado, antes de ele ir viajar... – fiz cara de assanhada e até senti um tremor ao lembrar a cena.

– O que vocês fizeram? – curiosidade corre nas veias dessa mulher, só pode!

– Paulo me convidou para ir até um barzinho, aqui perto, o Purgatorium 90 – ela prestava total atenção na história, eu adoro isso. – Ele já estava lá quando cheguei, pois como eu teria aula para dar mais cedo, não iria dar tempo; então pedi que fosse à frente que iria depois. Assim que cheguei não estava muito cheio; sentamos no sofá na entrada, conversamos, rimos e bebíamos nossa cerveja. Sem muitos detalhes. Daí chegou três amigos dele, estavam acompanhados e tudo. São da academia que ele trabalha. *My God*, Mandy, eram três lindões. Ele me apresentou e ficamos na mesa conversando. Um dos amigos dele pediu para subirmos ao mezanino, pois havia uma mesa de bilhar para jogar. Topamos e ficamos por ali. Paulo jogou com os caras enquanto fiquei com as moças. Mas, o que Paulo não esperava de mim eram os meus olhares. Começamos a flertar ali mesmo. Ele é tão demais, que saca na hora meus sentidos aguçados e minhas vontades perversas. Ninguém percebeu nada, acredita? – dei uma risadinha disfarçando. Todo meu corpo fervia pela lembrança e por falta dele.

– Acredito, mas, e aí?
– Tá curiosa, né?
– Claro, continua!
Soltei uma risadinha, ela estava muito animada.
– Pois bem, eu já me sentia suando e tremendo de vontade. Não poderíamos simplesmente ir embora, não fazia muito tempo que estávamos ali, então teria que dar meus pulos para conseguir tal atenção e Paulo se virar para me pegar ali. Toda hora eu cruzava e descruzava as pernas em sinal de desespero. Foi então que soltei:

"– Eu aposto que irá errar essa bola!"
– Claro, eu disse só de pirraça, e ele me respondeu cheio de contentamento.

"– Ah, é? E o que eu ganho se acertar?"
– Ele me perguntou, medindo-me de cima a baixo; ele tinha a voz pesada, a mesma voz que usava para me levar pra cama. O pessoal todo me encarou, esperando por algo divertido, pois a bola que eu disse que iria errar, era uma bola quase impossível, então eu teria que deixá-lo em um desafio. Só para atiçar mais.

"– Ganha a minha calcinha!..."
– Todos soltaram um "ui" quando eu disse. Confesso, Mandy, fiquei vermelha dos pés à cabeça, e Paulo ficou junto, mas o sorriso desafiador que ele soltou me deixou ainda mais atiçada com nosso jogo. Ainda emendei no assunto:

"– Ah, e se você perder, eu vou embora. E você não virá atrás..."
– Porra, aquilo iria acabar com minha noite, mas se ele quisesse algo comigo, iria acertar aquela bola até de olhos vendados! Bem, eu vi até o suor pintando em sua testa; ele adora desafios, mas, por essa, Paulo não esperava.

"– Cara, você tá fodido, vai dormir de jeans hoje!"

— Um dos amigos dele brincou. E os outros caíram na risada. Fiquei na ponta da mesa esperando, até que Paulo disse:

"— *Baby, você não vai precisar me dar a calcinha, eu vou arrancá-la aos rasgos!*"

— Existe promessa mais *sexy* do que essa, Mandy? — sorri, lembrando e quase me contorcendo pela lembrança tão viva e intensa.

— E aí, o que aconteceu? Fala logo! Estou me recordando de uma cena assim, sua safada; usou e acertou na cena da mesa de bilhar. Você é realmente uma vadia muito esperta! — Amanda dizia rindo de minha esperteza. Claro, jogamos com aquilo que podemos.

— Paulo se concentrou ao máximo no jogo, e foi então que abaixou um pouco seu corpo, respirava fundo, e me olhava às vezes só para conferir meu rosto; sorri para lhe dar confiança. Paulo mirou o taco com uma precisão só dele, arremessando a bola fortemente ao centro. A bola rebateu em três cantos diferentes, por fim acertando a bola e fazendo-a cair na caçapa, ele acertou! Meu coração batia fortemente com a promessa que havia em sua voz. Ele me encarou com um sorriso tão *sexy*, tão poderoso, que sentia meu desejo escorrer nas coxas! Todo mundo vibrou e ficaram me encarando para saber o que sairia de mim. Sorri e dei um passo até meu homem.

"— *Hum, parabéns, Paulo, minha calcinha é sua!*"

— Sussurrei no ouvido dele, mas Paulo é tão descarado que retrucou:

"— *E por algum momento você duvidou que não fosse?*"

— Eu precisava ser tão esperta quanto ele, e dizer-lhe que o queria naquele momento, mas não precisava de muito, Paulo me conhece bem demais. Apenas me diverti:

"— *Não. Acertaria aquela bola até de olhos fechados, se fosse só para me comer...*"

— Disse isso sem ninguém ouvir, éramos apenas nós dois. Mas o que Paulo fez me surpreendeu: ele me pegou no colo e colocou sobre a mesa de bilhar. Todos tomaram um susto com aquilo.

"– Ei, cara, deixa isso pra fazer em casa!"
– Um dos amigos dele soltou, olhando para os demais. Talvez conhecesse Paulo e saberia que ele seria louco de arriscar um sexo selvagem bem ali. Na frente de todos.
"– Me façam um favor, desçam, pois terei uma conversinha aqui com essa adorável mulher!"
– Foi aí que meu estômago gelou! Todos desceram, mas antes de fazer qualquer coisa, Paulo chamou um dos seus amigos e falou algo em seu ouvido, fiquei sem entender e vibrava por isso. Depois que todos desceram, Paulo se aproximou.
"– Fez isso de propósito, não é, baby?"
– Sua voz rouca estava me arrepiando. Gemi em sua boca.
"– Eu sei que fez isso, a aposta, pois saberia que eu não iria perder, e teria a honra de tirar sua calcinha, só pra te foder aqui, não é? Diga a verdade!"
– Ele segurou meu rosto com as mãos em cada lado do meu rosto, prendendo-me ao seu encanto, encarava meu olhar pervertido esperando pela minha verdade.
"– Sim, eu sabia."
"– Ah, Flora, sabe o que você merece?..."
– Ele sussurrava em meu ouvido, enquanto sua mão direita vagava dentro da minha saia, em busca da calcinha. Enquanto eu sorria segurando meu gemido alto, Paulo mordia minha orelha e arrancava minha calcinha. Ao tirar os pedaços deixou dentro do bolso de sua calça jeans, puxou meus quadris para a beirada e, com um único movimento, abriu o zíper e me penetrou ali mesmo. Ah, *sweetie*, foi algo tão único. Estávamos trepando num bar, em cima da mesa de bilhar! Tem noção do quanto isso é maravilhoso? Eu não tinha antes de Paulo. Ele me faz sentir a mulher mais linda, mais desejável do mundo. Isso tem que durar...
– Uau, que demais, deve ter sido emocionante. Vocês não foram pegos? – perguntou agoniada.

– Foi uma experiência maravilhosa! E não, ele pediu para o amigo dele vigiar para ninguém subir, disse que iria bater um papo a sós comigo! Safado.
– Vocês dois são!
– Aprendi com o melhor! Como ele sempre me diz: despertei sua fera.
– Aproveite essa fase, pois nada dura para sempre... – eu podia sentir a dor na voz dela. Era triste, ela era casada há apenas três anos, do que reclamava?
– Não sei por que é tão infeliz. O que há? – perguntei desviando o meu assunto e me aprofundando ao dela. Dei uma colherada no Danette enquanto Amanda iria desabafar.
– Eu também não entendo. Uma hora nós estamos tão bem, felizes e mega satisfeitos; outra hora, parece que ele nem liga pra mim. Isso é ruim, mas eu adoro estar casada, não trocaria isso por nada. Verá um dia o que sinto.
– Ei, ei, vamos com calma! Isso que estou vivendo é só sexo! – alertei até mesmo ao meu coração que já se encontrava tão apaixonado. Encantado à toa com tanto sexo.

É apenas sexo, não?

– Sei bem. Isso é o melhor que fazem numa relação. Sexo e mais sexo. Bernardo nunca foi tão fanático, ele gosta, mas depois que passei a ler esses livros eróticos, fiquei incontrolável. Tipo, querendo toda hora. Isso vicia demais. Ele achou engraçado, pois eu quase nunca atacava, sempre ele me procurava, agora é o inverso. Ele não reclama, sempre faz com carinho e prazer, mas sinto que quero demais, e não sei se isso é bom – revelou angustiada.

Acho que não há nada pior do que mulher insatisfeita, infeliz e com dúvidas, ela sempre acaba se culpando por algo que é apenas da mente dela.

– Não fique assim, é apenas fruto de sua cabeça, está cansada, trabalhando demais, e quer exigir demais de si. Tente relaxar apenas, torne isso uma aventura pervertida com o marido, e não um jogo de conquistas! Mandy, entenda uma coisa, nunca o que você lê em livros terá em sua vida real; pode chegar bem próximo, mas os livros existem para nossa imaginação ir além, nos transportar para um mundo perfeito, e isso, nós sabemos que não existe! – ela assentiu feliz, acho que toquei a ferida. – E outra coisa: se controla, pervertida de livros eróticos, isso vai acabar com a energia de seu maridinho! – rimos juntas e ajeitamos as coisas de nosso almoço. Já estava na hora de voltarmos.

– Pois é, esses livros nos levam a outra dimensão e nos fazem viajar em cada linha. Adoro isso! Agora estou lendo um que me fez até lembrar o seu bonitão, mas nem vem, não vou te emprestar, vai que você arruma um novo Travis Maddox e rouba minhas imaginações! – disse toda empolgada, fiquei curiosa. Ela sabe que sempre fico, e sempre arrumo novas aventuras literárias. Pelo menos antes era assim. Quando digo antes, eu me refiro a Paulo.

Bem, antigamente era apenas no fictício. Era uma eterna apaixonada pelos vilões *bad boys* dos livros. Só que, depois que conquistei Paulo, isso tornou meu próprio romance épico. Com direito a um *bad boy* tarado da forma que mais sonhava.

– Hum, Travis Maddox, o que ele tem de especial? – perguntei só pra atiçá-la. Ela não resiste a um bom romance, e adora conversar sobre isso. Somos duas LPL (loucas por livros). É assim que chamamos nosso clube de leitura e nosso vício.

– Hum, deixa-me ver, ele é do tipo: boa pegada, *bad boy* tatuado, lindão e, ah, sim, ele luta! No livro o chamam de Travis "Cachorro Louco" Maddox. Quer mais? – disse com os olhos brilhando. Saindo pequenas faíscas de prazer.

– *Oh crap*, você vai me emprestar! – já disse empolgada demais. Adorei. Minhas imaginações já foram além do que poderia imaginar. Com toda certeza eu já poderia sentir Travis. *Ô, se não!*

– Não senhora. Você está roubando os meus personagens favoritos! Agora você deseja, e *tchan nan*, eles pintam em sua frente! Como naquele filme "Faz de conta que acontece" – fiz beicinho para conseguir o livro, ou pelo menos o nome, e ela declarou.

– *Gosh*, você vai amá-lo, ele é tão intenso quanto seu amor eterno por

Heathcliff. Quando comecei a ler, já imaginei você me contando a história, como poderíamos discutir sobre o mesmo. Tudo bem, depois de eu ler, eu te empresto – disse, rendendo-se a um sorriso meu.

– Para tudo! Sério mesmo? Ai, meu Deus, eu morro com esse Heathcliff moderno! – nos levantamos e fomos indo para a sala.

– Nada se compara ao meu amor eterno, mas tudo bem deixar outros sentimentos me invadirem de vez em quando, ainda mais os *hots*! – sorri e eu sabia bem o que ela dizia. E vou pirraçá-la.

– Realmente, nenhum amor quente se compara à lerdeza do Mr. Darcy! – brinquei e ela parou.

– *What*? Ele era apenas romântico, e não bruto como o que você gosta; ah, não vamos discutir isso novamente. Você gosta de Heathcliff "o-bruto-obsessivo-apaixonado", e eu gosto do Mr. Darcy "o homem mais romântico da face da terra" – suspirou e quase pude notar os coraçõezinhos voando ao seu redor. Revirei os olhos.

– Aff, *boring! Dear, let's go to work a litlle bit!* – ela mostrou a língua e seguiu pra sua sala, mas, antes disso, pigarreou e soltou:

– *Bitch!*

Sorrimos e fomos fazer um esforço para continuar as aulas.

Depois da aula exaustiva que dei, voltei para casa moída de cansaço. Preparei um delicioso drinque, mas acabei tomando sozinha, pois no apê ao lado só havia silêncio...

Uma pena!...

Era exatamente dele que eu precisava. Meu vizinho mais gostoso da face da terra. *Sugar*... Meu açúcar vicioso.

Depois de tantos dias juntos, de quase 100 fodas consumidas – sim, eu conto –, sinceramente eu esperava que ele fosse me pedir em namoro. Sei lá, né, ele está me comendo como um louco, pelo menos eu achei que no mínimo merecia ser chamada de namorada! Mas que nada, ele nem deve pensar sobre isso.

Na verdade, nem eu deveria pensar nisso!

Só que estou tão saciada, tão satisfeita dele, que meu corpo sempre implora por mais e mais. É algo que já não consigo controlar, é um desejo infinito, sem limites. É natural sentir-se tão bem ao seu lado.

Eu só penso 24 horas nele: Paulo Castelan.

Aquele cretino que me pegou de jeito. Aquele tarado que vem de dia, me fode inteira e depois vai embora. Aquele pervertido que, durante a tarde, me envia mensagens sacanas e me faz ficar a ponto de explodir. Para que, à noite, ele volte e me foda muito mais... Está assim minha vida desde que conheci Paulo.

Chato, não? Sexo com o vizinho delicioso!

I'm proud!

Assim que acabou minha taça de Margarita, ouvi a porta ao lado bater. Meu coração dançou num ritmo novo. Droga, não deveria! Mas estava com muita saudade, eu precisava vê-lo. Eu precisava senti-lo.

Now!

Fazia uma semana que não nos víamos; o motivo: ele foi trabalhar em Nova York. O lutador que ele treina teria uma luta daquelas e, claro, Paulo teve de acompanhá-lo até lá. E ficamos todo esse tempo sem nos ver, mas nos falávamos todo dia. E também tinha as mensagens sacanas dele. Mas o que sentíamos falta era o contato, pele com pele... e ainda bem que mataríamos hoje essa desvairada saudade...

Arranquei a roupa e entrei no chuveiro. Tomei um banho ligeiro, não queria esperar muito e também não queria que Paulo viesse, eu queria ir fazer uma visita ao vizinho!

Fiquei cheirosa e deliciosa para ele. Troquei-me apenas com uma saia folgadinha e uma blusinha. Só, sem *lingeries*. Fui até o corredor, mas antes de apertar a campainha, tive uma ideia sensacional!

Fiquei parada na porta, apenas observando o movimento silencioso do corredor de nosso andar. Nenhuma novidade, nada a declarar. Então, observei o que tinha em mãos; de casa trouxe uma camiseta grande e uma banquetinha. Coloquei-a no canto e subi disfarçando a presença, desviando o foco do meu rosto para a câmera. Como se não fosse ser pega mais tarde! Tudo bem, isso era apenas pela excitação da ação.

Meu coração estava agitado e meu sangue bombeava ligeiramente. Na verdade, sentia medo de ser pega aprontando instantaneamente. Tanto por Paulo, quanto pelo síndico.

Mesmo aprontando, coloquei a camiseta preta tampando a câmera do corredor. Deveria agir rápido, pois em breve o síndico estaria ali. Desci e guardei as coisas na sala. Tirei a saia e a blusinha, ficando totalmente nua. Ajeitei o cabelo no estilo "pós-foda" e peguei meus óculos de professorinha. Fui extremamente excitada bater na porta do Paulo. Iria fazer uma surpresa em uma visita ao meu generoso vizinho que me dava prazer. Precisava retribuir com tanto esmero o que faz por mim.

Não apertei a campainha, dei três batidas suaves na porta. Um minuto se passou... até que...

A porta se abriu, meus olhos correram em toda aquela parede firme e musculosa que era seu corpo, conferindo cada detalhe minuciosamente, como pele suada, corpo tatuado, barriga definida, boca saborosa, olhar convidativo, e melhor, Paulo se encontrava igualmente nu! Excitado na medida. Apontando seu lindo e poderoso mastro em minha direção. Com aquele sorriso cretino no rosto alegremente sedutor. Será que ele já esperava por mim? Pensamos na mesma safadeza?

– Olá, vizinho! – minha voz continha malícia e sedução na medida. Mas meu corpo se contorcia levemente ao vê-lo tão saboroso. Pronto para ser devorado.

Eu me ajoelharia em sua frente sem pestanejar. Sem medir consequências dos atos. Eu seria apenas sua submissa, se caso me pedisse. Só com essa visão, eu mudaria o rumo de minha vida perfeita e me tornaria uma escrava sexual.

Se fosse só pra ser dele, e de mais ninguém! – peguei-me pensando nisso ao ouvir o timbre rouco de sua voz chegando aos meus ouvidos.

– Flora Mendes, que prazer enorme recebê-la aqui – disse com seu sorriso sufocante. Correu a mão até chegar a seu pau superduro. Ali massageou, fazendo-me babar. Senti o úmido entre as pernas como se tivesse sido jogado um copo d'água. Uau.

– O prazer é sempre meu, Paulo. Adoro visitá-lo – encostei ao batente esperando ele me convidar para entrar. Mas isso não aconteceu, pois vi Paulo se ajoelhar em minha frente, rapidamente passar minha perna direita em seu ombro, suas mãos apoiarem meus quadris no batente. Soltou um sorriso *sexy* que me fez desfalecer por segundos. Sua língua passeou naqueles seus lábios mágicos. Mostrando como faria em mim.

Só de olhar aquela feição, eu gozaria loucamente. Meu ventre já o clamava, já pulsava por prazer. Foi então que deslizei meus dedos naqueles fios macios de seus cabelos. Paulo gemeu, adora carinho durante o ato sexual. É brutal e também romântico. Aprecia o bom senso onde já é selvagem. Segurei seu rosto antes de qualquer contato, deslizei o polegar em seus lábios molhados, foi como uma liberação; Paulo veio me dar prazer!...

Sem dizer qualquer palavra, segurou apenas meus quadris fortes contra a parede, para me imobilizar, o prazer seria único. Quando Paulo queria me punir, ele me forçava a ficar presa sem me mover. Um castigo digno, mal o sabe que muitas vezes até desobedeci só para me prender e o prazer dobrar.

Carta na manga, boy!

Ao ver que estava presa e que não iria desobedecer a sua vontade, sua língua deslizava em mim. Ele tinha sede de meu sabor e fome do meu sexo. Eu latejava em sua boca. Paulo passou a morder minhas coxas, minha barriga, voltava com a língua deslizando em círculos até o lugar mais quente e encharcado do meu corpo. Não usou dedos desta vez, foi somente o prazer de seu sexo oral mais perfeito.

Deslizava para dentro, sugava meu clitóris na medida exata de um prazer absurdo. Levando-me ao céu e me fazendo soltar sorrisos bobos e exagerados. Pedindo como oração em meus olhos ardentes para que aquilo fosse longo... longo demais. Demorado... Com isso ele me dava prazer dobrado ao fazer com lentidão. Sua língua mágica entrava e voltava aos lábios vaginais que recebiam leves mordidas. Revezava novamente em deslizar... morder... lamber... deixando-me a ponto de loucura.

Paulo sabia exatamente o ponto que ficava meu prazer. Ele ia e voltava. Até me deixar mole em formação do orgasmo digno. Lambeu tudo em volta, voltando ao clitóris até me fazer gozar lentamente...

Ahhh... – meu gemido foi jocoso.

Por muito pouco não desabei ao chão como geleia! Paulo me segurou naqueles braços encantadoramente fortes.

– Agora, entre, Flora! – segurou em minhas mãos. Entrei e ele trancou a porta. Tentei manter minhas pernas no lugar, firmes para não cair. Observei com cuidado o lugar, seu espaço estava da mesma forma. A sala com apenas um sofá de três lugares; no canto esquerdo um saco de pancada; cortinas alinhadas e fechadas; um banco com suas tralhas de treinamento, e da cozinha vinham cheiros agradáveis de comida.

– Iria treinar? – perguntei meio sem jeito. Pois durante quase quarenta dias que estamos ficando, essa é a quarta vez que venho aqui. Foi Paulo que invadiu meu espaço e, querendo ou não, até prefiro assim.

– Sim, mas esse treinamento eu prefiro mais. Isso vem antes de qualquer coisa!

Foi dizendo e apontando para meu corpo. Arrepiei com a frase.

– Entendi – falei mansinha, meio sem jeito por estar nua e vulnerável.

Na verdade, era sempre assim. Por isso dava preferência em minha casa, onde eu era predominante. Agora aqui, observando

Paulo todo imponente e seguro de si. Ele me cercava e estava com o pau ainda mais duro do que quando abriu a porta!

Aliás, bem observado, teacher! Um ponto pra você, smart girl!

O bom era que isso não iria abaixar tão cedo, Paulo é sempre insaciável. E, bem, eu adoro isso! Olhei aquele mastro perfeito e sorri. Já querendo mais... babando e fervendo.

– Vem cá! – ele me arrastou para o meio da sala. Olhou para o saco de pancada e sorriu. – Feche os olhos e não abre, ok? – avisou.

Fiquei com dúvidas, mas acatei a ideia. Fechei bem os olhos. Nisso senti os seus dedos no meio de minhas pernas de encontro ao meu sexo molhado, gemi instantaneamente. Ele estava apenas abrindo-as.

– Boa menina – ganhei um beijo no pescoço e um selinho. Aquele selinho que a boca puxa os lábios inferiores. Esses são os mais tentadores. Um pecado.

Eu amo os beijos do Paulo, são sempre selvagens, doce, quente e único. Ele é um deus do sexo, do beijo, das carícias e, sim, em geral, da safadeza. Em tudo ele é ótimo. Sinceramente eu não compreendo o que quer comigo, talvez apenas goste também do meu sexo, ou de comandar as novidades que sempre faz comigo. Nunca reclamo de nada, deve ser essa a razão. Não sei como pode existir isso de verdade!

Permaneci ainda de olhos fechados só aguardando a próxima orientação, eu já não sentia sua presença perto de mim, mas ouvia barulhos. Talvez do saco de pancadas, da cozinha, sei lá. Fiquei agoniada no aguardo. De olhos bem fechados, no meio da sala.

Depois de terminar a série *Cinquenta Tons* que Amanda inocentemente me emprestou, fui contando a ela meus passos e avanços naquilo que lia, também inocentemente. Mandy foi à loucura ao saber que estava praticando na vida real e com alguém muito real as façanhas que lemos. Todos os dias ela queria saber detalhes de tudo, mas contava apenas o que achava certo, aquilo que não me prejudicaria. Como sempre fui muito tímida, contava muito pouco. Mas Paulo, em quatro semanas, me mudou completamente. Hoje é raro em até mesmo ficar vermelha.

Olha a evolução sexual, minha gente!

Não me sinto mais aquela moça inocente que não acreditava em sexo. Sinto-me hoje uma felina. Aquela que deseja cada toque. Que viaja a cada orgasmo. Que deseja tê-lo dentro de mim a cada instante. Hoje, depois de um maravilhoso sexo, eu aprendi o que *é sexo* de verdade. Não apenas as fodas sem graça que tive durante toda a vida.

– Flora, continue assim, sem abrir os olhos, *baby*!... – quanta saudade eu senti de ele me chamar de *"baby"*.

Ele sussurrou em meu ouvido, tirando-me do devaneio em que estava entrando. Apertando-me num abraço gostoso e reconfortante por trás de mim. Beijou minha nuca, mordeu meu ombro e desceu com a língua deslizando a coluna até o cóccix. Num susto, tomei um tapa forte e ardido na bunda. Bufei de prazer. Ele sorriu.

– Também senti sua falta – disse com ironia sobre eu estar bufando. Ele é tão demais.

Suas mãos começaram a vadiar as coxas, quadris, cintura, seios, ombros, levantando os meus braços acima da cabeça. Senti vontade de deslizar nele também. Minhas mãos estavam para o alto. Ele gentilmente as uniu. Cruzei os dedos, uma mão na outra. Encostou-me em algo. Ele foi levando meu corpo em passos pequenos; quando encostei por completo, senti. Era o saco de pancadas. Algo como tecido amarrou minhas mãos, fazendo-me ficar mais esticada. Bem, pelas minhas conclusões, eu estava amarrada ao saco de pancada.

– Abra os olhos – gemeu em meu ouvido. – Essa é a melhor visão que poderia ter.

Eu realmente estava amarrada ao saco de pancada dele.

– Que *sexy*!... – brinquei com a voz num gemido sensual.

– Muito *sexy*, gatinha... – sussurrou e, assim que focou meus olhos, piscou sedutoramente, ganhando um suspiro longo meu.

Ele se aproximou como uma fera. Como se fosse me devorar. Agarrou meus cabelos com força e colou sua boca na minha. Beijou-me fervorosamente. Que delícia de beijo. Que delícia de homem. Apreciei com fervor sua boca, sua língua, admirando-me de como era quente e poderosa. Ele até me arrepiava com seus beijos bem dados.

Paulo, ainda com a boca colada na minha, segurou sua ereção e devagar foi deslizando a base toda em meu sexo. Sem penetrar. Apenas torturando e roçando aquela preciosidade em mim. Era algo insuportavelmente delicioso, quase doloroso de tanto prazer que recebia com suas estimulações. Gemi alto dentro de sua boca.

– Paulo, por favor, me penetra... – gemi implorando.

– Não! – disparou todo abusado. Observei seu riso preso no canto da boca.

Maldosamente sensual...

– Por que não?! – grunhi, mas não estava brava, permaneci em seu jogo.

Sedutoramente racional.

– Porque será assim. Shh... apenas goze pra mim... – seu sussurro me desarmou. Ele ganhou o jogo!

Incrivelmente honroso...

Ele me liberou a fazer isso. A gozar decentemente.

Então me concentrei na esfregação dele e teria o meu melhor orgasmo. Coisa da qual já não era tão difícil, ainda mais com alguém como Paulo se esfregando descaradamente entre minhas pernas. Tocando no mais profundo desejo molhado!...

Entretanto, era tentador o que fazia. Um deleite demasiadamente lento. Paulo me fodia sempre de formas diferentes. Eu conheci seu sexo, seu júbilo, sua devoção ao corpo feminino. E ele parecia me conhecer há tanto tempo... Conhece meu corpo melhor do que a mim mesma. Sabe me fazer gozar até em pensamentos.

Teve uma vez que acordei toda gozada em minha cama, o suor escorria em uma leve camada por todo meu corpo, e a pulsação lá embaixo era intensa. Eu realmente tive um orgasmo dormindo, com um pequeno detalhe: sem me masturbar! Foi apenas com um sonho muito erótico. Sonhava que Paulo me chupava vagarosamente, abrindo minhas pernas e mergulhando aqueles lábios ardentes em minha boceta. Mas isso era exatamente num lugar perigoso, onde as pessoas poderiam nos pegar fazendo aquilo. Não sei bem onde era, aliás, não me recordo direito; mas com breve lampejo quando eu ainda tentava acordar, parecia até uma igreja, mas talvez não fosse esse o lugar, não me apeguei a esse detalhe, pois havia outras coisas mais interessantes a prestar atenção.

Oh, se tinha! O olhar cinzento dele enquanto me chupava era um deles...

O sonho parecia muito confuso, um fundo borrado e distante, contudo, era muito excitante visualizar uma cena em que gozava profundamente na boca dele, ainda mais sabendo que alguém poderia vê-lo fazendo sexo oral em mim. A excitação foi em dobro. Tudo pulsava até o momento de eu acordar e saber realmente que estava sonhando e toda gozada. Toda molhada por causa dele.

Contei ao Paulo, que ficou plenamente orgulhoso, pois nessa mesma noite havia sonhado comigo. Levantou, bateu uma em minha homenagem, com pensamentos positivos em mim. Tentando buscar meu prazer. E, sim, estávamos em sintonia.

– Flora, não pense demais, não tarda seu prazer, apenas goze!...

Ele me tirou do longo devaneio. Às vezes gosto de tardar o prazer, fazê-lo durar no corpo é uma missão difícil, mas de uma dificuldade genial. Concentrei-me novamente em seu pau que pulsava e em todo o úmido entre minhas pernas; meu baixo ventre contraiu, gemi alto e, mais alguns segundos de estimulação, eu atingi um orgasmo explosivo. Gritei seu nome entre os dentes enquanto ele ainda se esfregava com seu pau em meu clitóris e não penetrava.

— Isso, *baby*! Agora vou te soltar daqui — assim feito, despenquei em seus braços. Paulo me pegou no colo e me deitou no banco. Minha nossa, ele vai me torturar mais...

— Paulo, quando você irá entrar?... Eu preciso... — falei manhosa tentando ganhar esse jogo que sei que jamais ganharei.

— *Soon, my little bitch*... — já mencionei que é tesão dobrado ele falando inglês? Porra, é demais sua voz no estilo britânico. Aquele sotaque dele é de arrancar orgasmos múltiplos. Ainda mais com tesão e sussurrado no ouvido.

Só ele consegue me chamar de putinha e gozar loucamente ouvindo isso...

— *Wow, gosh!*... — soltei entre os lábios, ele o devorou.

Depois do beijo, achei que ele me penetraria. Que nada. Amarrou-me com os braços acima da cabeça na ponta do banco. Deixou uma perna de cada lado, amarrando cada pé meu num pé do banco. Eu estava aberta e Paulo sentado no meu meio. Com a visão privilegiada, olhando descaradamente minha entrada úmida.

— Já disse que tem a bocetinha mais linda do mundo? — Paulo tem a voz tão *sexy* e rouca, que faz a frase mais perversa se tornar uma declaração de amor.

— Eu já te disse que sabe agradar? — gemi encarando aquele olhar acinzentado encantador. E, pra acabar comigo, ele soltou aquela risadinha linda.

— Flora, eu adoro seu corpo. É simplesmente lindo e muito, muito saboroso... — enfiou o indicador dentro de mim, sempre mantendo contato visual. Tirou o dedo molhado e enfiou na boca. — Doce, quente, delicioso o seu sabor... Agora, goze novamente, por mim, *baby*...

— Quantas vezes você quiser... *my little boy*...

Ele sorriu. *Lord!* Aquele sorriso perfeito e cretino. Aquele sorriso que... amo.

— Porra, eu amo seu sorriso!... — disparei a dizer sem nem notar a gravidade da frase. Simplesmente escapou!

Respirei forte com a revelação espontânea e ele sustentou aquela boca num sorriso ainda mais charmoso, mas acho que se assustou um pouco com a revelação de minha frase despretensiosa. Mesmo assim, sorria e mexia em meu sexo. Revezando o polegar, o indicador e por vezes enfiava o dedo médio. Que era enorme...

– Feche os olhos novamente e me sinta...

Com as mãos, ele buscava meu prazer. Deixando-me ofegante e querendo mais de mim. Paulo se levantou quando achei que ficaria ali até me fazer gozar loucamente. Foi até a cozinha, abriu a geladeira – eu não o via, mas escutava. Respeitei seu pedido autoritário de ficar com os olhos fechados.

Escutei o micro-ondas sendo ligado, não entendi. Paulo voltou assim que apitou. Eu o senti do meu lado, o quente que seu corpo exala sempre me avisa que está por perto.

– Abra os olhos, *sweetie* – ordenou ao se aproximar.

Quando abri, vi em suas mãos duas vasilhas pequenas, deixou uma ao lado e trouxe a outra. Tirou uma colher de dentro e me mostrou com o sorriso lascivo: sorvete.

Holy fuck.

Com uma boa colherada cheia de sorvete, ele deslizou em minha barriga, desceu aos quadris e chegando lá embaixo rapidamente. Sem enrolação ao que desejava. Que era: ver meu prazer absoluto.

– Uma bocetinha gelada e ainda mais doce... – gemeu sobre meu corpo arrepiado.

Continuou com sua determinação erótica todo o processo de tortura com a colher gelada derretendo o sorvete e deslizando em todo meu corpo. Fazendo-me entrar quase em colapso com o prazer que me dava. O arrepio em todo meu corpo por aquele gelado. *Oh, gosh...* Apenas gemidos saíam de meus lábios molhados. Sua brincadeira safadinha foi para os mamilos duros e atiçados, desceu um pouco mais e deixou uma porção de sorvete derreter no umbigo...

Ah, que sensação boa de prazer...
– Depois vou lamber tudo...

Enquanto derretia no umbigo fazendo a ligação perfeita, Paulo pegou o outro pote, sem me mostrar o que era, jogou uma quantidade no seio. O cheiro subiu junto ao quente. Chocolate derretido. Gemi. Paulo grunhiu vindo com sua boca lamber o chocolate quente da pele e junto o sorvete derretido. Jogou na virilha e foi vindo deslizando sua língua. Seu olhar era penetrante, ele me fazia arrepiar mais do que o gelado que havia recebido.

Eu não me canso dele. Enquanto o olhava, viajava em seu olhar. Paulo jogou uma porção em meu sexo, seu sorriso de gato de Alice se esticou e ele me mostrou como era que se lambia... Lambeu todo o chocolate do meu corpo. O quente que sentia na boceta era da sua língua com chocolate. Era do caralho esse prazer...

E meu terceiro orgasmo jorrou de dentro pra fora. A explosão certeira. Desfaleci completamente. Fechando os olhos, eu vi estrelas cadentes. Meu corpo ficou em êxtase e logo foi relaxando todos os músculos. Entrando num prazer sem fim...

Inebriante... consistente... único!

Como ele pode fazer isso comigo e ainda me deixar saciada e querendo mais? Que porra de homem misterioso!

– Vou liberar você, até que fique pronta novamente!
– Já estou pronta! – sorri.
– Sua incansável. Adoro isso, vem...

Paulo abriu a cortina da gigante janela da sala. Era vidro de cima a baixo. Sorri novamente. Ele não faria isso, faria?

Sim, ele me puxou para a janela de vidro. Prensando meu corpo melado contra o vidro gelado, inclinando minha bunda e, sem mais, me penetrou... fortemente. Lento, saboroso e muito, muito forte. Ele me penetrava... *Caralho!* Ele me penetrava com violência...

Já que tive três orgasmos dignos, ele queria o dele. E eu faria ser digníssimo!

Olhávamos os movimentos lá embaixo. Será que alguém de algum lugar nos via fazer safadezas? Era tentadora essa ideia! Paulo grunhiu seu prazer em meu ouvido. Com uma mão segurava minha bunda, com a outra segurava minha mão direita contra a janela. Seu corpo fazia a pressão exata, esmagando meus seios contra o vidro, e suas estocadas lentas e prazerosas, davam a sensação de preenchimento total. Uma hora era cautelosa e lenta, de vez em quando mais fortes e selvagens.

Aquele tórax firme me apertava, seu quadril estocava fortemente aquele pau mágico dentro de mim. Sentia todo meu corpo formigar, explodir com todas as sensações boas que transmitia em seu sexo maravilhoso.

Ouvi Paulo gemer mais alto, regozijando seu momento de encantamento, estava acontecendo. Senti o mais esperado. Ele ficou todo dentro de mim, fazendo-me sentir o jato de gozo quente... Com tudo isso, eu era somente dele.

Uma pausa para se alimentar.

Paulo me fez almoçar com ele depois de quatro orgasmos. Aceitei sem maiores protestos. Ficamos nos olhando por um bom tempo. Ainda nus. Ainda desejando mais orgasmos durante todo o restante do dia.

Assim que recolhi as coisas do almoço, ouvimos a campainha. Paulo pegou a bermuda de cima do sofá e foi atender, fiquei da cozinha ouvindo:

– Boa tarde, Sr. Gomes – Paulo atendeu seriamente. Era o síndico. Segurei a risada.

– Boa tarde, Sr. Paulo. Como o senhor pode ver e acho que poderia me explicar, o que seria essa camiseta na câmera de segurança? – fez-se um silêncio apavorante.

Eu queria estar ao lado dele para ver sua reação, ainda bem que não estava, senão iria rir bem alto, mesmo da cozinha me segurei quietinha.

— Não sei o motivo disso, e vou procurar não saber, no momento. Apenas verifiquei tudo e vi a Srta. Flora colocando isso, mas devo imaginar o porquê, não? Tudo isso, Sr. Paulo, não me diz respeito, o que acontece com os vizinhos deixo que se resolvam, mas quando envolve meus serviços e a segurança do prédio, devo intervir. Apenas quero que não burlem as regras. Aqui está a multa, como Flora não se encontra no apartamento dela, certifico a você. Passar bem! – Paulo bateu a porta da sala.

Ao chegar à cozinha, eu estava encolhida perto da geladeira. Paulo veio sorrateiramente como um felino tentando caçar sua comida. Parou, analisou a folha em mãos, sorriu e voltou com seu olhar divertido e perverso.

— Isso irá lhe custar muito caro! – falou com a voz rouca. – Você gosta de aprontar, não é, moleca?! – e foi se aproximando.

— Pago cada centavo com muito prazer... – gemi já excitada.

— Claro que vai! Pagará com serviços sexuais!

Paulo, sem perder tempo, me agarrou contra a geladeira e já sentia seu pau duro em mim.

— Se vamos fazer isso acontecer, por favor, vamos para o seu quarto, estou com os quadris doloridos de ficar sentada no banco! – quase implorei.

— Não, eu não fodo no meu quarto! – grunhiu com a boca mordendo meu pescoço.

What? Que porra é essa?

— *Why?* – perguntei cheia de charme, tentando convencê-lo ao contrário, remexendo levemente meu quadril contra o quadril dele. Paulo revirou os olhos aturdidos.

— Porque não! – respondeu seco, sem emoção. Bruto. Bufei, mas iria convencê-lo.

— *But... why not?* – saiu livremente, antes de raciocinar, mesmo assim, joguei sedução em cada palavrinha. Paulo encarou meus olhos, depois os lábios num sorriso maroto, jovial e *sexy*.

– Para de falar essa porra de inglês! – ele sorriu ao dizer; Paulo se divertia com isso. Encarei aqueles olhos com um brilho perigoso. Soltei meu melhor sorriso.

– Seu brutamonte filho da puta, nós não iremos apenas "foder", vamos logo!... – bati em seu ombro e empurrei seu corpo do meu. Apesar de tudo, estávamos segurando o riso. Tudo era sensual e alegre.

– O que disse? – assim que se aproximou a campainha tocou novamente. Paulo teve que reter a ereção formosa que já estava apontada pra mim. Eu ri dele. Paulo não gostou. Assim que saiu e abriu a porta, era o síndico novamente, pedindo para retirar ele mesmo a camiseta da câmera. Paulo bufou e eu pude ouvir da cozinha. Quando voltou estava com a camiseta em mãos, e seu olhar fervia.

– Como já deixei avisado, isso aqui será muito bem pago!... – isso soou como uma promessa erótica. Adorei.

Surra erótica! *Yes, baby...*

– Não me diga! – bufei irônica cruzando os braços e ajeitando os seios fartos. Paulo os encarava babando, lambendo os lábios formosos. Fiquei muito molhada com a ação de sua boca. Já imaginava mil loucuras!

– Eu vou foder nessa sua boca malcriada! Eu vou te foder nessa sua bocetinha até deixá-la assada e cansada do meu pau! Eu vou foder até suas orelhas, Flora, está me entendendo?! – oh, *Gosh*, essa voz... pecaminosa, deliciosa, sexualmente rouca e doce.

Quantas promessas perversas, minhas entranhas se reviraram em esperança de que fosse agora! A dor erótica era apenas mais um prazer para meu corpo, era minha dose diária de adrenalina.

– Hummmm... – gemi chamando-o para perto.

– Hum mesmo, *baby*! Vem, vamos para meu quarto! Vou te foder atrás e essa será sua divida paga! – ele só queria me assustar com sua perversidade.

Entretanto, quando me vi, já estava no ar. Em cima de seus ombros largos e firmes. Ele abriu a porta com o pé, entrando comigo nos ombros. Jogou-me violentamente na cama. Caí sobre o colchão macio da imensa *King Size*, o lençol frio roçou sobre minhas costas, fazendo um contato gostoso. Soltei uma risadinha assim que achei seus olhos penetrantes. Paulo não estava de brincadeira. Ele iria agir com força!

– Fica de quatro! Agora – em sua voz havia uma ordem séria. Acatei.

– Você não me assusta!... – mesmo desafiando todas as suas ordens, me virei e lancei um olhar desafiador por cima dos ombros. Ainda sorri para ele.

– Não quero você assustada, quero você excitada, *baby*. De quatro! – ordenou mais uma vez, fazendo-me ficar de quatro e aberta pra ele.

– Você é um louco, sabia disso? Acabou de dizer que não fode no quarto! – grunhi animadamente provocativa. Mas, em vez de me preocupar no que iria entrar em mim e, sabe-se lá onde, eu estava o desafiando ao meu jogo provocador.

– Mas agora eu quero, *shut up*! – rimos juntos.

Fiquei de quatro. Paulo só passava as mãos em meu corpo, passeando e fazendo meu corpo acostumar com a pegada forte de sua palma. Dois segundos depois e a cabeça de seu pau já estava na minha úmida abertura.

– Flora, eu vou te foder bem devagar... Vou te foder lento, lento demais... – ele tirava e botava a cabeça de seu pau grosso dentro de mim, fazendo-me gemer alto.

Implorando por prazer.

– Vou te foder tão gostoso que vai me implorar para não parar! Para te saciar todinha... Fodendo bem lento e gostoso dentro de você... – ele passava seu pau em meu sexo, indo para meu ânus. – Vou foder você, Flora. Bem gostoso... – seu sussurro era rouco e provocativo.

Com juras de prazer eterno. Enquanto ele dizia que iria me foder, ele já fazia isso. Me fodia gostoso e lento. Sua tortura é ainda mais excitante do que o próprio sexo dito. Ele sabe o que faz. Ele sabe muito bem fazer o melhor sexo de todos.

– Implore! – ordenou segurando seu pau enquanto minha respiração se entrecortava para tentar se restabelecer.

Libertinamente poderoso...

– Eu imploro, não pare. Não saia nunca mais de dentro de mim...

Devassamente suplicante...

Paulo cumpriu sua missão de não sair de mim até nos saciar!

Quatro.

Esse foi o número de estocadas lentas e prazerosas que me deu. Pulsantes e únicas. Gozamos. Entretanto, sem pedir licença ou declarar algo para minha segurança, ele não esperou eu dizer ou sentir ou mesmo me preparar; ele me estocou atrás!

Oh, holy fuck!

Como ele conseguia esse feito tão mágico?

Eu tinha uma única certeza sobre tudo, já havia pensado sobre isso: Paulo tem o pau mágico, só pode.

My big magic cock!

E com toda sua mágica, ele estava me fazendo gemer e implorar por mais...

O meu pecado, sem dúvidas, mora ao lado!...

PARTE III

PROVOCAÇÃO É A *Palavra-Chave*

CIÚMES É UMA *Merda!*

Os ciumentos não precisam de motivos para ter ciúmes.
São ciumentos porque são.
O ciúme é um monstro que a si mesmo se gera,
E de si mesmo nasce.

William Shakespeare

Para a visão geral do universo, TPM são as singelas siglas de Tensão Pré-Menstrual, mas, para mim, simplesmente seria: *Tô puta mesmo!*

Porra, não é possível que minha menstruação tenha me deixado tão chata! Quando isso ocorreu? Sempre fui tranquila demais em relação a isso. Sem crise, sem dor, sem neura! Eu achava que era a única mulher do mundo feliz no período menstrual. *Achava*, pois nesses últimos dias eu vivi em meu inferno pessoal. E só para constar, fiquei por quatro dias sem Paulo, e hoje até daria para arriscar no chuveiro, não aguento mais ficar tão longe desse homem...

O que nos aconteceu em tão pouco tempo?

Não preciso de respostas, preciso dele dentro de mim!

Levantei do sofá, deixei o livro na mesinha. Tomaria um delicioso banho e iria até o meu vizinho. Quem sabe ele não daria um jeito bem dado nessa minha rabugice!

Ao entrar embaixo da água quentinha, lembrei-me de todas as loucuras que estão acontecendo entre mim e Paulo. Não é possível isso, não há explicação para essa ligação toda. Não compreendo o motivo de Paulo me querer tanto e de me dar tanto prazer.

Apesar de que, tenho certeza que retribuo muito bem o prazer.

Domingo passado nos divertimos tanto e, aqui mesmo nesse banheiro, Paulo sugeriu uma ideia maluca, porém excitante ao extremo para recusar. Ele me depilou carinhosamente. Paulo me fez ficar duas semanas sem depilar, disse que queria fazer algo. De início fiquei revoltada com isso e, confesso, ficava com vergonha, mas depois me acostumei e deixei estar. Paulo decidiu o momento e soltou: *Vou te depilar, baby!* Aquilo me fez entrar em combustão. Como assim me depilar? Relutei, mas acabei cedendo como sempre.

Foi um momento maravilhoso. Na banheira, cheia de espuma, tomando um Pinot, enquanto ele, com seu olhar concentrado, suas mãos suaves e grandes me depilavam... Aquela concentração toda, a suavidade em sua mão, me deixava ainda mais apaixonada pelo impossível. Sim, é isso que o Paulo é: uma fantasia maravilhosa impossível de conquistar. Tenho seu corpo e prazer a todo o momento, mas não o sinto *meu*. Não sinto que sejamos um casal para a vida toda. Infelizmente.

Depois da sessão "*depilando-a-xana-da-mulher-que-fode-loucamente*", Paulo me chupou inteirinha, dando-me três orgasmos seguidos apenas com aquela boca magnífica. Me ensaboou com o sabonete líquido que ele amou: o *Magical Spell*. Ficou dizendo que eu era o seu *Magical Spell*, adorei isso. Eu seria a ele o que quisesses, mas ele não me pedia. Nem sequer dava alguma dica, do tipo, estamos juntos!

Cacete, estou começando a pensar demais, isso deve ser efeito da TPM, motivos demais para pensar em nosso relacionamento que, aliás, nem existe de verdade. É apenas sexo. Um ótimo sexo, pra falar a verdade.

Voltando à realidade do momento, passei uma quantidade generosa de sabonete no corpo; eu o queria me cheirando por inteira! Desejando-me até o amanhecer de um sábado lindo. Hoje tem que ser um dia perfeito. Precisa ser.

Preciso deixar essa chatice para ter uma noite linda ao lado dele. Mesmo sem fazer safadezas, poderíamos muito bem ficar nas carícias, nos amassos no sofá. Quem sabe, eu lhe daria muito prazer com meus lábios naquele pau magia dele. Faria sem dúvida o boquete do ano!

Sequei-me e já sentia o efeito em meu corpo. Coloquei um conjunto que há tempos eu tenho, mas não achava um momento para usar, pois bem, será hoje. Nada como um finíssimo conjunto de *Victoria's Secret* para deixar os homens babando por tirar e ver o paraíso.

Coloquei por cima, apenas uma camiseta branca escrito: *Love me, my bad boy*. Essa era em especial ao meu vizinho. Prendi os cabelos em maria-chiquinha e coloquei os óculos de professorinha. Estava pronta para meu gato.

Ao abrir a porta, fiquei ansiosa para ir até lá, dessa vez nem liguei para a câmera. Senhor Gomes poderia ver o que ele quisesse, já que Paulo me fez pagar toda a dívida com sexo. Pensando bem, eu deveria quebrar a câmera desta vez, para o valor triplicar, assim como o castigo!

Ai, que demais...

Desisti da ideia de quebrar as coisas, não queria ser uma rebelde, só queria transar loucamente, então, tranquei a porta sorrindo e ansiosa para bater na porta do vizinho. A dois passos estaria aquele fortão que me receberia em seus braços e que iria fazer diferença na minha noite. Até iria fazer um pedido discreto e convidativo, arriscaria a pedir para que dormisse comigo.

Seria isso muito ousado? Muito íntimo?

Acho que não seria nada ruim. Eu só estou manhosa e com dor, não poderia causar mal algum com essa atitude. E seria ótimo dormir com ele, sentir todo aquele corpo tão próximo, onde é o meu paraíso dos sonos perfeitos.

Ao me aproximar da porta, ouvi risos vindos de dentro do apartamento dele. Travei em frente à sua porta. Eram vozes de mulher. O que estava acontecendo? Pensei sinceramente em bater ou apertar a campainha, mas tudo ficou silencioso demais. Contudo, o único som audível do momento era meu coração acelerado. E minha mente se agitava tentando captar algo que não queria saber. De repente, a porta foi aberta em minha frente. Meu mundo desabou... e o chão ficou incerto sobre meus pés.

Dói, né? Você achar que está amando uma pessoa, e essa pessoa nem ligar para seus sentimentos idiotas. Sem sequer notar que estar com você é muito mais importante do que só pele. Só sexo. Isso tudo dói demais... Agora que eu enxerguei esse sentimento, isso tudo que vivi não valeu de nada.

E, de repente, lá fora a rua vazia chora...

E, de repente, tudo fica muito sem graça...

Analisando todo esse meu sentimento que criei, vejo que deveria ter sido mais cuidadosa. Sido precavida com tudo que poderia nos acontecer. É idiota de minha parte ter esperança de um dia ter namorado o cara certo? É muita pretensão achar que daria certo?

Maybe...

Agora o único sentimento que estou sentindo no fundo da minha alma é raiva. E isso não é nada bom.

Fiquei irada ao ver as duas loiras saindo do apê dele, e Paulo com a cara de cretino sem-vergonha, de cueca *boxer* preta grudada naquele corpo divino, realçando seu pacote protuberante. Corpo suado de várias horas de sexo. Era uma visão digna, caso isso fosse comigo, e não com duas loiras gostosonas!

Porra, ele estava com DUAS LOIRAS GOSTOSAS!

Como isso aconteceu embaixo do meu nariz?

As risadinhas não cessaram ao me ver, pelo contrário, Paulo ria com elas de alguma piadinha boba. As duas me mediram, tentei mover as pernas e entrar de volta ao meu lar, mas nem isso eu conseguia. Meus olhos rendados com pequenas lágrimas estavam grudados no dele.

– Oi, vizinha! – o cafajeste teve coragem de dizer isso? Não respondi. Mas fechei os punhos ao lado do corpo. As duas se despediram dele com um beijo demorado no rosto e um abraço apertado. Aquele abraço... Porra, o abraço dele é como um beijo bem dado. É maravilhoso... Deveria estar demais ficar ali.

Larga dele!...

– Tchau, Paulo, até a próxima! – uma delas falou num fio meloso.

Eu queria arrebentar a cara das duas! Dar muito soco para quebrar aqueles rostinhos perfeitos. Droga, eu estou morrendo de ciúmes de um homem que nem é meu!

Porra, ciúmes é uma merda.

Caralho, com que direito eu poderia ter esse sentimento?!

Todos!

A partir do momento em que ele enfia aquele pau magia todinho dentro de mim!

Pronto. Respirei fundo e minha raiva era tanta que estava cega, não queria saber o que ele me diria ou que iria inventar sobre esse fato. Ele havia aprontado comigo, e feito uma coisa muito feia. Não haveria volta, perdão, nada. Apenas acabou.

– Flora, aonde você vai? – perguntou quando consegui me mover enfim. Ao olhar para o cretino, ele sorriu. Isso me enfureceu mais. Ele estava de gozação comigo?

Filho da puta.

Não respondi novamente a sua pergunta direcionada a mim. Apenas fingi não ser comigo. Caminhei até a porta do elevador. Onde as vacas estavam.

– Flora! – sua voz tinha autoridade. Ele queria que eu olhasse e respondesse. Paulo não gosta disso, não gosta de ser desobedecido, mas quem disse que ele manda em mim? E outra, eu não sabia bem o que era exatamente esse apelo. Ignorei com classe seu chamado, apertei com violência a porra do botão do elevador. Pois nem isso aquelas sonsas fizeram.

– Ah, nos esquecemos desse detalhe! – uma das loiras disse ajeitando os imensos peitos dentro da blusinha.

– Isso não viria sozinho! – grunhi apontando o elevador. Foi aí que chamei atenção por completo. Elas viram minha irritação. Uma droga de irritação à toa, não era pra ser assim. Elas nem me conhecem, mas já sabem minha fraqueza.

Meu vizinho.

– Verdade! – a outra putinha falou rindo de mim ou para mim – era difícil saber com a raiva que sentia no momento –, elas estavam achando graça de não sei o quê! Sou palhaça agora? Muito provável que sim, pela situação em que *"talvez"* elas nem saibam, que sou a mulher que o Paulo fode todo dia!

Olhei bem feio para as duas que estavam cochichando em minha frente. Mas, se for pensar com clareza, elas não tinham culpa – há não ser por serem lindas –, a culpa é toda do filho da puta maravilhoso que *nos* fodeu.

– Mas, e aí, gata, vai descer assim? – as duas viraram e passaram os olhos demoradamente em meu corpo. Coloquei instantaneamente as mãos na cintura, meus olhos cerraram e minha boca soltou involuntariamente uma grosseria.

– É da sua conta? – meu sangue ferveu. Eu havia me esquecido da forma que estava vestida; caralho, aquele cara gostoso me tira realmente do sério.

Stupid! – xinguei-me mentalmente.

As duas pareceu não ligar para minha malcriação. Simplesmente esboçaram um sorrisinho safado e bufaram juntas:

– *Ui, ela é malvadinha!*

Não achei um pingo de graça. Bufei e a merda do elevador abriu. Pelas minhas costas pude sentir o quente dele. Paulo ainda estava ali. Infernizando-me com sua beleza. Não resisti e olhei de esguelha por cima dos ombros. Ele sorria sedutoramente, de braços cruzados, de cueca, encostado ao batente da porta.

Grande, safado, perfeito e filho da puta!

Ao entrar, eu queria captar qualquer coisa que elas dissessem sobre Paulo. Fiquei irritada e com os ouvidos apurados, mas as putinhas não mediam esforços para disfarçar, era tudo alto e bom som para eu ouvir.

– Nossa, ele é demais, não é?

– Uau, não disse! Hoje ele se superou, estou sem fôlego até agora! Precisamos repetir a dose! – as duas bateram as mãos cheias de entusiasmos e concórdia. Havia sorrisinhos à vontade.

– Ah, ele é tão fofo e selvagem nos chamando de *baby*, eu amei! – *baby?* Que porra é essa? Bufei ainda mais alto, deixei os punhos colados ao meu corpo. Vai que de repente eles poderiam voar na fuças das duas!

Imagina três loucas brigando no elevador, não deve ser nada bonito. Eu sairia na boa roxa, já que as loiras eram bombadas demais. Desviei o foco delas, e meu pensamento era apenas um: porra, caralho, ele havia me traído descaradamente!

Pelo menos ele teve a decência de pegar mulheres lindas. E ainda esfregar em minha cara.

Olha só as gostosas de que sou capaz de pegar, cai fora sua baranga, acabou!

O pin do elevador me despertou do ridículo pensamento. Na verdade, ele me assustou ao me trazer à realidade novamente. Eu era a pobre mocinha traída.

Pobre mocinha, o caralho!

Foi então que resolvi minha vida. Nada iria me deixar ainda mais para baixo, nem mesmo a beleza das duas que saíam da minha frente. Olhei para as duas, elas esperavam eu sair. Encaravam-me de frente com um sorriso mais satisfeito da face da terra.

Será que é com essa cara de idiota que fico depois de transar com Paulo?

– Não vai sair daí, gata? – esse tipo de situação era ridículo, e quem a autorizou em me chamar de gata? Que merda estava acontecendo?

– Não, é, desculpa, eu me esqueci de algo! – disfarcei o nervoso na voz. Como eu sairia daquele jeito no saguão? Onde estava minha sanidade?

– Ah, tudo bem. Se você encontrar o seu vizinho gostoso, mande lembranças! – saíram do elevador acenando tchauzinhos de Miss.

– Com toda certeza, pode deixar! – grunhi.

Meus olhos ficaram lacrimosos. Engoli o choro e respirei. *Força, mulher!*

Apertei violentamente o botão para voltar ao meu andar. Rezando para o cretino não estar por ali. Senão eu o socaria!

Encostei ansiosa na parede fria, meus pensamentos insanos estavam com medo do que aconteceria daqui para a frente. Eu teria de evitá-lo. Não vê-lo mais. Ele é um perigo iminente!

Tá certo que não estamos namorando e com isso ele não me deve satisfação do que faz, mas com que direito ele tem de me trair, já que está toda hora me comendo?

Foi só eu ficar alguns dias menstruada que me joga de escanteio como um lixo, como uma boneca inflável? Não sou sua bonequinha, que quando se cansa deixa de lado. Pega outras e depois volta alegremente para mais festinhas com a vizinha fácil! Se um dia eu achei que tínhamos algo especial, essa exclusividade acabou agora.

Eu vou sobreviver.

É mentira se eu disser isso em voz alta. Onde foi parar meu juízo de não me aproximar de encrencas?! Eu tinha meu dilema e me esqueci complemente ao ver aquele tesão de homem em minha frente, pedindo indecentemente um copo de açúcar em troca de prazer. Como resistiri a tal perfeição? E meu dilema foi por água abaixo... Aquela frase que repeti incansavelmente não tinha peso quando se tinha Paulo. E todo perigo de um nobre coração se apaixonar não tinha limite. *É sempre preciso ter cuidado para mais tarde não sofrer.* Isso já não vale mais nada. Eu já sofro...

Merda, que esse aperto no peito seja apenas o sutiã, e não um amor estúpido!

Pin.

Abriu. Nada de vizinho gostoso à vista. Porém, acredite, o filho da puta ouvia uma música alta e alegremente cantava. E só pra foder tudo de vez, era minha música preferida, de uma das nossas bandas favoritas. *Kings of Leon – Trunk.* Ele cantava alto como se tivesse saído vitorioso.

Até ameacei a tocar sua campainha ou mesmo esmurrar a porta até arrancá-la do lugar. Olhar naqueles olhos brilhantes e sedutores para ver a verdade tão nua. Tão descarada. Mas fui forte. Resisti ao seu charme. Passei direto. Fingindo que não estava ouvindo aquele sussurro lá dentro do refrão melódico.

Quando abri minha porta, um calor voltou em minhas costas e, sem perceber como toda cena procedeu, eu já estava presa como uma lagartixa na parede. Aquele corpo forte, quente, e pior, suado de outro sexo, ficou me pressionando contra a parede. Ele me apertava como sempre fez em nosso sexo. Era muito excitante se eu não tivesse com ódio mortal dele novamente, mas minha raiva maior era que eu realmente estava com tesão de sentir seu pau duro em minha bunda, devidamente encaixado. Sua pressão sobre meu corpo era sempre certeira. E ainda mais sentindo sua respiração acelerada na nuca, sentindo suas mãos vadiar e segurar firme minha carne, e, porra, aquela música com a guitarra gritando ao fundo, junto à voz rouca de Caleb Followill, tudo era um conjunto convidativo ao sexo maravilhoso que eu bem conhecia dele. Tudo se derretia lentamente. Meu juízo, meu autocontrole e, principalmente, minha dignidade. Ele me conhecia bem demais para aproveitar da situação. Fazendo-me ficar excitada e esquecer completamente todo controle que perco ao seu lado.

– Flora, eu te quero... tem de ser agora, eu preciso de você! – sério, por que ele fazia isso comigo? Era pedir demais para não me fazer sofrer tanta humilhação?

Cafajeste que me faz ficar com ódio e tesão ao mesmo tempo!

– Filho da puta, sai de trás de mim! – grunhi. Uma dor forte cortou meu coração.

– Quer isso mesmo? – pressionou um pouco mais seu corpo ao meu. Fazendo sua ereção me levar ao delírio.

Não, eu não queria que ele saísse; estou me sentindo uma submissa ridícula que precisa urgentemente do sexo dele. Eu preciso dar pra ele nesse momento. Seu comando ao meu corpo é inacreditável e também inaceitável. Tenho de resistir ao seu feitiço.

– Quero, Paulo. Acabou de sair duas loiras peitudas e gostosas de seu apê, isso não foi suficiente? Não temos mais nada pra falar, ou mesmo fazer... – minha voz era dura, talvez ele sentisse minha dor. E esse não era o objetivo. Não queria ser fraca na frente dele. Ele nem merece isso.

– Achou as garotas gostosas? – perguntou cheio de graça. Sua risada fez cócegas em meu pescoço. O arrepio percorreu todo meu corpo. Mas sua frase estava se repetindo em minha mente. Como ele é podre...

– Inacreditável como a gente se engana com um sorriso bonito... – solucei agora não com raiva, mas com dor. Ainda mais ferida.

– Vem, vamos lá pra dentro, vou te deixar satisfeita e tudo vai passar. Eu e você plenamente satisfeitos, que tal?

– Não tem mais você e eu... – ele sentiu o potencial dessa frase, por um segundo separou nossos corpos. Senti um leve friozinho percorrendo. Ele soube nesse momento que fez merda.

– Não serei mais seu brinquedinho! – novamente solucei a frase.

– Ou podemos fazer aqui e agora... – ele não ligou pra sequer uma palavra dita por minha boca. Seus polegares engancharam perfeitamente ao fio da calcinha, puxando-a para baixo cuidadosamente. Seus dedos firmes deslizavam em busca de tirá-la por completo. Dei corda. Paulo achava que estava no comando. Mas quando deixou a calcinha tocar no chão e seu corpo não estava colado ao meu, eu me virei encarando-o.

– Realmente os homens não são todos iguais. Cada um tem seu jeito diferente de fazer a merda toda – disse sentida. Paulo ajoelhado me encarava. Aqueles cílios longos piscavam pesadamente. Eu só queria ver em seus olhos o arrependimento. E vi. Isso já me deixou aliviada, não foi completamente à toa nossos dias juntos.

– Flora, isso não está certo! Que porra, eu preciso de você... – ele não se levantou, ficou me encarando com o olhar escuro.

– Sabe, Paulo, ontem eu estava lendo um livro meio bobo e tinha lá, bem no cantinho da folha, no final da frase: *"eles se gostavam..."* – respirei fundo e o encarei levantando para ficar de frente. Que perigo... – Daí, Paulo, até cheguei a pensar: a gente também...

– Não faça isso, Flora. Vamos entrar pra conversar, dar uns beijos... Não quero outra coisa, quero você! – ele poderia ter mesmo se quisesse, mas isso não é uma escolha. Não estou dando opções. Não agora.

– Você é realmente inacreditável. Irá sobreviver sem mim, Paulo. Existem duas soluções pra tudo nessa vida: o tempo e o foda-se!

Virei as costas e o deixei lá, plantado e sozinho. Virei olhando pelos ombros, mandei um beijo e saí rebolando deliciosamente. Paulo parecia fodido com minha atitude, contudo, mesmo me fazendo de forte, a dor ainda estava ali...

🐾 🐾 🐾

Magoada é pouco, estava me sentindo descartável. Do pior tipo que poderia existir de desprezo. Como um homem tão lindo, carinhoso e perfeito de cama pôde fazer isso comigo?

Acho que Paulo não insistiu em me chamar de volta, pois sabe a cagada que fez. Não temos compromissos, não devemos nada um ao outro. Então, fim.

Game over.
É assim que se encerram tantas noites de prazer, tantos dias com seu cheiro impregnado ao meu corpo... seu sabor em meu ser... sua vitalidade me instigando a querer muito mais... Entretanto, esse é o Fim. Fim de papo. Fim de sexo maravilhoso...

Ele se enjoou de mim e decidiu pelo lado mais fácil, mostrando-me, aliás, esfregando em minha cara o que poderia ter e fazer em minhas costas. Optou pelo lado errado. Pois se ele quer jogar, eu darei as cartas. Eu mostrarei quem manda!

Se ele quer me provocar, ele terá a fera solta, e se no nosso primeiro encontro ele me disse: "achei sua fera!", durante todo esse tempo, ele criou um monstro!

Sábado.
Acordei meio tristonha e já sem o sangue no meio das pernas. Iria aprontar pra cima de meu vizinho gostoso. Se caso ele me traiu mesmo, ele sentirá muita falta desse corpinho aqui. E sei muito bem onde procurar uma vítima que queira tudo isso!

Na academia dele.

Sei que pode soar ridículo, mas é um jogo, certo? Eu sei jogar o jogo dele. Se ele pegou duas loiraças, eu pegarei apenas um lindão forte e tudo ficará perfeito. Cada um sabe do seu potencial, eu também consigo fazer isso.

Homem não gosta desse tipo de disputa tanto quanto mulher. Mas enfrenta se precisar. Se eu for à academia dele, com um motivo despretensioso, ele não poderá fazer nada. Então, só poderá observar a façanha. E, talvez, passar um pouquinho de raiva.

Não teria aula hoje, então coloquei um short preto de cotton bem curtinho, um top vermelho, mostrando toda minha barriga, tênis confortáveis e fui para a batalha a ser conquistada. Mas, antes de sair, peguei uma camiseta, só iria entrar de top na academia, enquanto isso permaneceria comportada.

Ao sair, nada de som na casa do vizinho. Ele já tinha saído cedo para o treinamento. Era lá que iria surpreendê-lo.

Para dar mais credibilidade à minha grande farsa, um pouco antes de chegar à academia, dei uma corridinha. Só para deixar o corpo aquecido e suado. As gotinhas dariam um efeito e tanto, um ar *sexy* e provocativo.

Já na frente da academia, peguei a garrafinha de água gelada da bolsa e tomei um gole. A garganta estava seca. E com o suor do plástico, passei em minha nuca e testa. Desci a escadaria que dava acesso à parte de baixo da academia, onde havia o treinamento das lutas. Ali se concentrava todos os estilos de luta, e também, ali, só tinha homens! Meu alvo.

Ao chegar à porta, o cheiro forte de homem, suor e o nível alto de testosterona me fizeram ficar atiçada. Não por ter muitos homens, mas por saber que o meu desejo maior estava ali. Juntamente com toda aquela mistura masculina, só que o seu cheiro único estava ao meu redor. Novamente.

Certo, eu sofri por apenas vinte e quatro horas – não queria pensar nisso seriamente, mas, na real, querendo ou não, sofri. Era uma maldição confessar isso. É sério! E, merda, eu estava furiosa comigo por saber que, mesmo com raiva, ódio mortal pelo causador de todo sofrimento, eu ainda o desejava mais do que tudo, com todo meu fervor. Ele é o causador da minha dor. E eu o queria urgentemente dentro de mim. Isso é tão terrível...

Ai, como é ruim ter sentimentos tão bipolares...

E essa linha tangível que existia entre a gente era absurdamente única. É até ridículo pensar que não viveria mais sem ele, sem esse calor dele. Eu queria diminuir esse espaço que criamos, mas só de lembrar-me daquelas putinhas saindo de lá, meu estômago revirava. Ele as chamou de *baby*! Ele as levou para o quarto dele!

O quarto!

Aquele do qual ele *não fodia*! Lembra-se, sua tola?

Isso é inaceitável. Entretanto, é impagável o sentimento que cresceu sem eu pedir, sem eu autorizar que qualquer raiz se firmasse. É foda.

Depois das lembranças dolorosas voltei a ficar com raiva dele. E iria botar meu plano anti-Paulo em prática.

Entrei numa sala grande e, para minha *não* surpresa, uma das putinhas que saiu do apê dele estava vindo em minha direção. Seu sorriso com *gloss* foi um soco dos fortes. Senti até ânsia de vômito ao ver sua beleza estonteante. E com sua simpatia estampada foi outro soco bem na boca do estômago. Fazendo-me até me desequilibrar.

– Olá, vizinha! Veio para ver o treinamento? – perguntou simpática demais. Seu olhar para mim era como se soubesse de algo entre eu e Paulo.

– Sou Flora – estiquei minha mão em cumprimento. Ela não merecia, mas fui educada. Vai saber o que ela diria a ele depois.

– Polyana – ela tocou minha mão, e seu aperto era firme. Uau.

– É a recepcionista daqui? – instiguei a conversa. Queria conhecer o inimigo. Comecei a estudar o campo que iria explorar, preciso tirá-la de circulação, já basta ter roubado o meu vizinho!

– Também, mas eu treino aqui! – sorriu, derrotando-me novamente. Tirando todas as minhas chances. Ela era perfeita. Ódio.

– Interessante – olhei desconfiada, mas precisava mostrar também confiança. Não precisava me rebaixar tanto.

– Quer conhecer a academia? – ou ela jogou ou sabia que nunca tinha ido lá.

Paulo nunca me trouxe. Dizia todo nervosinho: *isso não é lugar pra você!* Eu perguntava o porquê, ele respondia: *tem muito macho por lá!*

Cá estou eu, lindão!

– Por favor! – sorri de volta, mesmo não querendo sorrir.

– Daqui a pouco terá uma luta, na verdade é um treinamento. Se quiser ficar pra ver, será muito intrigante! – disse animada demais. Eu a encarei e vi seu sorriso radiante. Deu-me mais ódio, ele beijou aquela boca! *Argh*.

– Por que intrigante? – perguntei curiosa.

– Porque o lutador já é profissional e voltou para brincar com o seu ex-treinador! Será emocionante... – sua empolgação era contagiante. Fiquei muito curiosa.

– Perfeito, eu fico então – ela se encostou em meu ombro e me conduziu para dentro da academia.

O pior de tudo isso era que a porra dessa garota ficava toda hora sendo simpática. Quando eu sorria, sentia que me traía. Só era para eu odiar estar até mesmo perto, mas ela com sua condolência sensível para cima de mim, do tipo que era para gostar dela, mostrar que tinha pena do que aconteceu. Isso acabava ainda mais comigo, contudo, não mencionamos nem o nome dele. Isso foi um alívio. Evitamos ao máximo. E até o momento eu não havia visto ele em nenhuma parte. Mesmo com meus teimosos olhos caçando em cada canto. Nada de Paulo.

Ainda bem, menos mal.
Que mentira deslavada!
Polyana foi rodando comigo, mostrando todas as áreas, troféus, conquistas, fotos, e Paulo estava num monte delas. Em quase todo canto havia foto dele com alguém. Muitas conquistas e ele era o mais lindo de todos. Sua beleza se sobrepunha e era o diferencial de tudo. Paulo era único.

Ao passar por um tatame, dois rapazes vieram falar com ela. Sorriam alegremente até que um deles se voltou a mim. O sorriso de menino ainda aprendendo a arte da conquista.

– O que essa beleza faz por aqui? – sorriu em minha direção.

– Tira o olho, Patrick, essa não é para seu bico! – defendeu-me das garras do garoto. *E por quê?* Pensei aflita, isso me empertigou.

– Prazer, Flora! – apresentei-me educada.

– Flora, não dá trela, senão ele ficará te enchendo para o resto da vida! – alertou-me sem um sorriso na face, agora; já o garoto, era só sorriso.

— Não acabe comigo, Poly! Deixe a gata à vontade! Estou à sua disposição, gatinha! – disse todo galanteador.

— Só quero ver por quanto tempo! – não entendi o trocadilho da Polyana. Fiquei matutando isso, mas nada disse. Nisso entrou três caras que eu havia conhecido lá no bar em que fomos, o Purgatorium 90. Logo veio em mente o Paulo me comendo na mesa de bilhar. Estremeci. Será que eles sabiam o que fazíamos? O olhar deles dizia que sim ao se aproximarem de mim.

Damn!

— Olha só quem está por aqui?! A moça desafiadora! Vai apostar hoje? – um deles disse brincando. Corei até as orelhas, acho que o nome dele era Michel.

— Olá, quanto tempo! – eu não consegui responder às suas perguntas, apenas fui gentil com um olá sem jeito. Todos eles sorriram e me cumprimentaram com um beijo no rosto.

— Ei, cai fora, eu vi primeiro! – o tal do Patrick disse aos três. Até eu sorri.

— Ah, é? E você sabe quem é ela? – Mauro desafiou. Agora entendi, eles achavam que estava ali por causa do Paulo. Eles ainda não sabiam que não estávamos mais juntos? Bem, a Polyana nunca soube. Ou sabia?

— Sei sim, essa é a Flora, meu futuro amor, e minha futura mulher!... – exclamou com ar apaixonado. Gostei da simpatia dele, mas realmente eu não pegaria, era apenas uma criança querendo paquerar, dava no máximo 17 anos. Então, eu não era para seu bico. Ou ele não era para mim, sei lá, somente sorri por sua brincadeira.

— Uau, eu *nunca* fui pedida em namoro e você me pediu em casamento com apenas duas trocas de frases! – falei rindo a minha verdade amarga. Todos me olharam. Acho que sentiram a dor em minhas palavras, apesar de ter soltando uma risadinha forçada.

— É melhor cair fora antes de se machucar! – Pedro, o último dos caras, disse dando um soco leve no ombro de Patrick, que estava beijando minha mão.

Patrick era lindinho e tinha cara de garoto inocente. Assim como eu fui um dia. Era até engraçado, mas não fazia meu tipo. Estávamos conversando besteiras quando um rapaz de mais ou menos um metro e noventa pintou na porta.

Meu coração palpitou rapidamente no peito. Era uma beleza exótica e muito sensual. Selvagem. Era moreno, estava com óculos caçador, cabelos arrepiados, jaqueta preta de couro, blusa branca por baixo. Uma calça jeans escura surrada e coturnos pretos. Uma verdadeira visão do pecado. Senti uma sensação deleitosa crescendo dentro do meu ventre. Contorcendo minhas entranhas. Ele era brutal e forte. Sensual e exalava tesão com suas passadas firmes e elegantes. Eu nunca tinha visto tal beleza de tão perto. Ele parecia um homem *hollywoodiano*!

Ao se aproximar mais da gente, deu seu sorriso branco e sincero de brinde a nós, aprofundando suas covinhas em seu rosto quadrado e másculo. Quando chegou ao meu lado, seu perfume me ganhou e fez tudo dentro de mim derreter e remexer em um furacão.

Era esse! Eu queria esse!

Todo mundo estava com um sorriso alegre de boas-vindas, mas o meu olhar e meu sorriso eram um só em sua direção: *lascivo*.

Ele tirou os óculos e me encarou antes de falar com qualquer um dos outros na roda. Seu olhar castanho-esverdeado me ganhou. Sobrancelhas grossas e cílios longos bem pretos. Um leque encantador com sua piscadinha assanhada pra cima de mim.

– Não nos conhecemos ainda, Thomas Moura – estendeu a mão direita em minha direção. Arfei ao senti-lo tão perto com um cheiro maravilhoso. Olhei sua mão estendida e pude ver uma tatuagem que saía do pulso indo até a costa de sua mão. Realmente era um *bad boy* gostoso. Ainda o encarando, era somente nisso que eu pensava.

– Realmente não nos conhecemos, sou Flora – Thomas beijou minha mão enquanto acariciava o meio dela. O choque nos tocou. Ligando todas as sensações sexuais possíveis.

Como eu estava nervosa, podia sentir a quentura que exalava junto ao suor que saía da palma da minha mão, eu acho que isso o encantou.

Sorri sem jeito, pois ele não largava minha mão pra nada. Cumprimentou todo mundo e ainda me segurava. Deu um passo para trás encarando meus olhos. Ele era muito seguro de si. Lindo e perturbador. Se fosse usar um desses caras daqui, que fosse ele. Não ficaria nem um pouco chateada em dar para esse gostoso! Nem mesmo um pouco arrependida! Essa era minha missão. Mas, pelo que reparei, não seria impossível, já que estava todo assanhado para meu lado. Isso seria moleza!

Very easy!...

– Veio para ver minha luta? – perguntou presunçoso.

– Hum, você que irá lutar? – perguntei envergonhada por minha falta de informação.

– Sim, e você será meu talismã da sorte! – além da beleza física, era ainda melhor sendo galanteador. Isso me excitou muito. Senti o quente entre as pernas. *Gosh!*

A voz pesada. Seu corpo forte. Tudo era um conjunto convidativo ao maravilhoso sexo. Ele sedutoramente tirou a jaqueta deixando-a na mesa ao lado. *My Godness*, ele era todinho tatuado. Uma verdadeira delícia de homem. Desviei meu olhar por um segundo e me concentrei em Polyana que, gentilmente, pegou a jaqueta e foi guardar. Acho que ninguém estava entendendo essa ligação de Thomas e eu. Nunca havíamos nos visto, mas a ligação era perfeita.

– Obrigada! Então me diga, Thomas, é o treinador ou o desafiante famoso? – aticei. E não poderia ter ganhado coisa melhor: seu sorriso *sexy.*

– Pelo jeito não me viu antes! – era o famoso. Todo famoso fica chateado quando não é reconhecido.

— Desculpe — sorri sem jeito.
— Perdoada! Mas só se ficar para me ver ganhar! — desafiou com seu olhar brilhante. Era incontrolável a vontade de agarrá-lo e enfiar minha língua em sua boca molhada. E deslizar meu corpo sobre o dele... Respirei para responder.
— Fechado!
— Se eu ganhar, sairá comigo? — perguntou esperançoso. Isso estava melhor do que imaginei.
— Quem sabe! — deixei o mistério e o charme no ar.

Voltei a encarar todos à nossa volta assim que ouvi um suspiro alto como se alguém tivesse tomado um susto. Analisei a cara de cada um. Por que todos me olhavam assustados? Isso estava me irritando, ninguém me conhecia, mas era como se todos soubessem de tudo da minha vida! Inferno.

— Vou ganhar essa luta só pelo bel-prazer de te levar para um jantar e, depois, quem sabe... — não terminou, porém seu olhar sedutor me dizia que queria algo mais intenso do que apenas um simples jantar. Eu seria sua sobremesa. Com o maior gosto!

Eu topo! — queria gritar.

— A encantadora Flora tem namorado? — emendou curioso depois da oferta.

Fiz um pequeno suspense ao me aproximar e sussurrar em seu ouvido.

— *No!*

Mesmo estando de costas para eles e dizendo baixo, acho que todos ouviram; senti um clima pesado, todas as respirações cessaram juntas. Thomas estava próximo demais, ele até se aproveitou um pouco do meu corpo, pois estava com a mão direita em minha coluna, acima do cóccix, onde não havia tecido cobrindo a pele suada de tesão. Era quente e confortável. Como nunca havia imaginado. Thomas era divinamente sexual. Provavelmente uma versão bem caprichada e materializada de Travis Maddox. Sorri ao olhar em seus olhos e ver o Travis em minha frente, sorrindo pra mim. Mandy iria surtar com minha sorte.

– Tire as mãos dela! – ouvi atrás de mim. Quando virei rápido ao timbre de voz que era reconhecível a quilômetros, desfaleci.

Thomas me puxou mais para seu imenso corpo. Ficando atrás de mim. Nossa, era uma parede rígida, firme e quente. Olhei para baixo e vi seus braços envolvidos em minha cintura. Dedos cruzados uns aos outros, prendendo-me a ele. Era muita tatuagem para dois braços apenas. Eram totalmente cobertos seus braços. Deu-me ainda mais tesão ao senti-los em minha volta. Levantei os olhos dali até encontrar nuvens acinzentadas em fúria. Iria acontecer uma tempestade das grandes se eu não saísse do confortável abraço do Thomas.

Paulo estava com os punhos cerrados ao lado do corpo. Eu podia sentir a tensão ao redor de toda a sala. Os corpos à nossa volta pareciam preparados para qualquer ataque. Thomas não me soltou e, por todos os deuses, eu sentia uma ereção se formando atrás de mim. Encostando suavemente em minha bunda.

Levantei o rosto até encontrar o olhar dele. Encostei a cabeça em seu tórax másculo e encontrei sua boca bem formada num sorriso ainda mais *sexy*. Dentes brancos e olhar perverso. Era uma visão e tanto...

– Eu disse pra tirar as suas mãos dela! – talvez Paulo soubesse a reação que estaria acontecendo nesse momento no corpo de Thomas, e isso era ainda mais perturbador. Eu mexia levemente o quadril na direção da ereção, que se firmava cada vez mais. Sorri ao ver a dor nos olhos dele. Degustei mais um instante de sua raiva, seu ciúme corroía dentro de si. Tá vendo, não deu valor...

Touché, baby!

– Ele é algo seu, Flora? – Thomas perguntou audível, porém no meu ouvido. Um arrepio tomou conta do meu corpo. Fazendo meus mamilos apontarem sobre o top. Paulo mirou os olhos furiosos em meu peito. Viu o efeito que antes só ele me causava.

– Não, nem o conheço! – sorri. Thomas me apertou mais em seu corpo, deslizando a mão em minha barriga, espalmando aquelas imensas mãos tatuadas por todo lado, subindo em direção ao meu seio. Estava intensamente gostoso, um tesão absurdo me consumia, mas o proibi de fazer isso na frente dos outros. Se fosse apenas na frente de Paulo, eu até daria pra Thomas se fosse preciso.

— Flora, que porra é essa? — Paulo grunhiu. Eu não tinha medo dele. Sorri perversamente.

— Fique relaxado, Paulo! — a Polyana disse suavemente tentando acalmá-lo. Pois é, a putinha dele.

— Isso mesmo, Paulo, relaxa! — sorri novamente em sua direção. Sua feição dura não se desmanchou. Ele só queria mostrar quem era o macho alfa. Só isso.

— Caralho, Thomas, tire a porra de suas mãos dela! — Paulo estava se descontrolando. Sua voz estava rouca e assustadora.

— Ou o quê? — Thomas desafiou divertido.

— Eu te arrasto lá pra fora, e te mato! — sua ameaça me deu medo. Afastei-me ligeiramente de Thomas.

Paulo relaxou visivelmente.

— Essa distância é temporária, eu vou ganhar essa luta e você será minha durante uma noite toda, Flora! — Thomas beijou meu queixo e partiu para uma porta de aço. Paulo quase pulou no pescoço de Thomas, pude sentir todos os seus músculos gritarem. Assim que todos saíram, Paulo se aproximou ficando em minha frente, segurando firme meus braços frágeis.

— Que porra é essa? O que está apostando? Me diz que porra é essa de sair com ele? Está me desafiando, Flora? — sua voz estava tensa e intimidadora.

— Claro que não, nem sabia que iria lutar com você! E outra, Paulo, nós não temos nada. Se Thomas ganhar, eu vou sair com ele sim! — falei confiante. Eu queria que Thomas ganhasse só para ter o gostinho de ver Paulo com uma derrota dupla. Já que ele havia saído com duas garotas, e eu sairia com apenas um, meu gostinho seria bem melhor. Pois essa vitória mexeria com seu ego. Ele mexeu com algo muito pior: meu coração.

– Você não vai sair porra nenhuma, está me ouvindo?! Você é só minha!...
– Achei essa frase um tanto possessiva pra quem nem liga pra mim... – desafiei.
– Eu não ligo pra você? – perguntou bravo. Quase sentido.
– Não, nenhum pouco! – sorri e nisso pintou a outra loira que estava no apê dele. – Vai lá, sua garota te aguarda! – os outros entraram também.

Thomas apareceu vestido para a luta. E, puta merda, era uma visão do caralho! Ele estava só com aquela bermuda apertadinha de luta. Seu pacote estava bem protegido, e era imenso... Que homem mais perfeito! Ele sorriu, pois gostou da secada que dei em seu corpo. Senti até o úmido imediato entre minhas pernas. Ele me foderia gostoso...

Thomas se aproximou. Paulo nos deixou mesmo não querendo.

– Paulo, não demore, eu não tenho o dia todo, preciso fazer planos para a noite perfeita! – ironizou. Todos estavam num silêncio absoluto.

– Sim, Thomas, que será em um hospital! – Paulo grunhiu e saiu de vez.

Na sala já havia alguns homens e mulheres, todos em seus devidos lugares. A luta começaria em breve.

Antes o objetivo era ser divertido, agora sinto que era uma disputa. Bem, uma disputa por mim. *Oh, Lord*, jamais imaginei isso!

– Vou ganhar por você! – Thomas beijou minha mão novamente, levando-me para os fundos. Onde ninguém nos via.

– Tudo bem, obrigada – sorri melosa. – Ok, posso te pedir uma coisa? – tive a ideia assim que ele entrou deliciosamente na sala, e não poderia deixar isso passar.

– Até dez, meu anjo! – que tesão essa voz. Fala sério, tudo vibrava lá embaixo!

— Ok, tire uma foto comigo? — ele sorriu com esse pedido tão clichê. — Não é porque é famoso, é porque você se parece com um personagem de um livro. Travis "Cachorro-Louco" Maddox — falei empolgada demais.

— Sério mesmo? Cachorro louco?! — perguntou divertido.

— Sim, por quê? É de um livro e ele luta! — confirmei ligeiramente, não iria dizer sobre o livro e tal, ele nem tinha cara de ler esse tipo de história!

— É porque meu apelido é cachorro louco, mas por causa do lutador brasileiro Wanderlei Silva de quem é o apelido oficial. O meu ficou porque fiz uma luta no estilo dele, dei dez joelhadas seguidas deixando o cara no chão, nocauteado-o em 15 segundos de ringue! — contou todo orgulhoso, mas sua cara estava engraçada, talvez pela minha reação. Fiquei assustada, boquiaberta com toda coincidência!

— Está vendo, é coincidência demais! Tira?! — fiz olhinhos sedutores.

— Você gosta do personagem? — sua curiosidade tinha algo a mais. Era tentadora.

— Sim, adoro! Ele é tão *sexy*, tão quente... — gemi em sua frente. Rendida ao seu encanto e sedução. Ele se aproximou mais ainda, quase lábios nos lábios.

— Isso quer dizer que sou também?! — fitou meus olhos risonhos, sua boca continuou a provocação. — Bem, isso eu posso te mostrar o quanto sou *tudo* isso e muito mais, gatinha!... — um beijo ficou em meu queixo. Esquentando tudo.

Senhor, que calor...

— Patrick, tire uma foto aqui pra gente! — falou presunçoso segurando em minha cintura. Talvez ele sentisse o quanto eu estava fervendo por estar tão perto. A adrenalina corria na veia, por seu toque ardente e pelo beijo molhado no queixo.

— Claro, cachorro louco! — Patrick veio com um sorriso gigante.

– Tá vendo?! – disse sorrindo em minha direção. Aquilo me deu mais vontade. Eu precisava tirar apenas uma casquinha dessa beleza toda. Algum proveito. Eu não teria outra chance.

Quando entreguei o celular, o Patrick ficou mexendo no mesmo. Olhei para Thomas e ele me encarava sorrindo. Fiquei na ponta dos pés e dei um selinho nele, mas isso não bastaria; a gente sabia disso. Ele segurou com ambas as mãos meu rosto e me lascou um beijo de tirar o fôlego!

Oh, my God!

Já foi com tudo, enfiando a língua dançante dentro da minha boca. Numa dança ludibriante e sedutora. Deixando tudo dentro de mim a mil graus! Sua boca era macia, molhada e muito envolvente. Um beijo inesquecível, surpreendentemente maravilhoso, o que deixava todas as sensações e vitalidades de meu corpo enérgico. Não queria largar nunca mais aquela boca pecaminosa, queria degustar de seus beijos durante um dia inteiro, depois varar numa noite luxuriosa!

O beijo foi rápido, porém eu já queria tirar toda minha roupa!

Isso me deu certo medinho, pois só Paulo havia me beijado gostoso daquele jeito e só por ele, até aquele momento, que eu desejava tirar a roupa, mas, confesso que Thomas era bom demais. Um desperdício não ser provado por inteiro! Seu beijo me deixou uma sensação prazerosa de como se estivéssemos trepando com a boca!

Ca-ra-lho!

Mas foi o tempo exato de ninguém ver, a não ser Patrick, que estava congelado com a cena. Fiz sinal de silêncio e tiramos a foto. Patrick estava estático quando cheguei perto, com seu olhar arregalado e divertido.

– Não conto se me der um desse! – Patrick disse em meu ouvido assim que fui pegar meu celular. Estaria ele blefando ou não? Sorri nervosa. Paulo apareceu no ambiente.

Thomas deu uma piscadinha e subiu no octógono. Sentei-me na última fileira, não queria ver aquilo de perto. Ambos tocaram as luvas. Ambos de short colado mostrando suas qualidades, seus atributos bem apanhados. Ambos disputando a mim. Mas com objetivos diferentes.

Thomas me queria, desejava meu corpo, mais beijos daqueles e também um jantar divertido. Mesmo que o objetivo fosse me levar para cama – coisa da qual não era ruim. Ele só lutaria por isso.

Agora Paulo, só queria lutar para ganhar. Para eu não ter o direito de sair com Thomas. Não era por mim, era só por sua possessão ridícula. Só!

Abaixei a cabeça e não queria ver a merda daquela luta. Nem sabia por que fiz a idiotice de estar ali. Deveria levantar e ir embora, sem ver aquela porra toda acontecer. Que eles se matassem ali em cima. Não estava nem aí!

Quando comecei a notar meu nervosismo e minha inquietação, eu me toquei sobre o fato. Eu só estava nervosa por saber que Paulo não lutava por mim. Que estava disputando meu corpo, para não ter o direito de me divertir. Igual fez comigo. Mas o ordinário tinha todo direito, ele foi se divertir e ainda fez questão de esfregar em minha cara. Agora, eu já não podia, pois ele estava todo machinho saindo na porrada com outro cara igualmente delicioso! Fervi com ainda mais ódio dele.

Que perdesse essa maldita luta!

Enquanto socos eram proferidos dos dois lados, não tinha noção de quem estava ganhando. Não ligava para aquela luta idiota. E pela milésima vez pensei em ir embora. Ao ameaçar me levantar, Patrick sentou-se ao meu lado. Fez uma piadinha ou outra sobre o resultado da luta. Comecei a mexer no meu celular, buscando me distrair. Vi as fotos que ele tinha tirado minha e do Thomas. Ficaram boas, muito boas para pirraçar Amanda. Até que fui passando uma a uma e vi a prova de tudo, ele havia tirado uma do beijo. Olhei para Patrick e ele me olhava atormentado.

"Não conto se me der um desse" – ele fez de propósito. Olhei para a caixa de email, ele havia enviado a foto para o email dele. Porra do caralho! Eu estava fodida ao quadrado! Filho da puta!

– Por que fez isso? Vai ganhar o quê com isso? – perguntei furiosa, brava por minha burrice; fiquei por segundos encarando-o firme. A luta rolava forte.

– Porque quero te beijar! Cheguei primeiro e o malandro talarico te rouba assim?! – falou em meu ouvido. – Só uma bitoquinha! – piscou.

Antes de eu confirmar ou recusar, ele puxou minha nuca e lascou um beijo molhado. Não abri a boca de jeito nenhum, mas sua língua empurrava e lambuzava meus lábios. Fiquei tensa e de olhos abertos. Meus pulsos tentaram empurrar seu tórax, ele forçou mais um pouco, mas não abri. Minha boca estava toda lambuzada de saliva. Estava me sentindo enojada com sua falta de vergonha na cara. Consegui soltar meu rosto das mãos dele. E foi o tempo exato de ver Paulo levar um forte soco na cara. Ele vacilou por minha causa. Seu corpo deslizou lentamente até o chão. Tonto e nocauteado.

Levantei da cadeira como se tivesse tomado um choque. Ao vê-lo caído no chão, mexendo alguns músculos devagar, gemendo de ódio, meu coração apertou. Fiquei com um nó imenso no corpo todo. Tudo estava acabado!...

Era muito sangue em seu rosto. Seus braços mexiam vagarosamente. O juiz encerrou a luta dando a vitória ao Thomas, que me caçou com o olhar vitorioso. Seu rosto também estava ensanguentado, mas ele ganhou a luta...

E eu estava literalmente fodida ao quadrado...

🐾 🐾 🐾

Paulo estava sentado no chão, respirando forte e entrecortado. Seu olhar furioso era direcionado a mim e ao Patrick. Aquele infeliz estava do meu lado com a mão na minha cintura. Estava tão aturdida que nem tinha notado, então dei um passo à frente para sua mão sair do meu corpo. Na verdade, desejei socá-lo muito forte, mas não tinha forças. Meus olhos estavam no octógono. Vendo tudo devagar, em câmera lenta...

Thomas ajudou Paulo a se levantar e os dois se cumprimentaram. O sorriso de Thomas era vanglorioso. Talvez fossse para ele a vitória mais saborosa. E, para Paulo, a derrota mais amarga.

Meus planos não eram isso nem de longe, mas a coisa fluiu e saiu do controle. Três passos pesados e pude ver o que aconteceu em seu rosto. Aquela beleza de Paulo estava ainda ali, mesmo ensanguentado; um corte profundo no supercílio mostrava o sangue escorrendo. Era feio e nojento, mas, mesmo assim, eu desejei beijar aquela boca machucada. Deveria ter visto como seguiu a luta, como ele lutaria firmemente para eu não estar em outros braços...

Oh gosh!

Era isso! Merda, merda, merda! Paulo lutava fortemente contra outro homem para não me ver em outros braços, não era apenas possessão ao que não era dele, mas bravura para não me ver com outra pessoa!

Sorri com amargura ao vê-lo tão *sexy* e machucado por minha causa.

– Eu vou te arrebentar, seu filho da puta! – Paulo grunhiu já dando um soco certeiro na cara de Patrick.

– Paulo! – gritei e mais um soco inesperado surgiu. Patrick caiu duro nas cadeiras, fazendo barulho estrondoso e chamando a atenção de todo mundo. Encostei as mãos trêmulas nele, Paulo parou do nada e me fitou raivoso. – Por favor, não faça isso! – pedi suave trazendo-o de volta para mim. Ele apenas me encarou com os olhos lacrimosos.

– Eu te falei, seu babaca! – Pedro tirou Patrick todo arrebentado do nosso lado. Deixando-nos sozinhos.

– Flora, eu te perdi!... – sua voz era sufocante, aflita, lastimosa. Na hora minha garganta se fechou com um nó imenso. Uma dor percorreu meu corpo, tocando o coração. Apertando-o contra o peito e mostrando toda causa daquilo tudo.

Desnecessariamente, amor.
– Isso foi meio tarde demais... – falei pigarreando, tentando arrancar o nó que incrustava na garganta. Queria engolir e esquecer tudo.
Pacientemente, confusa.
– Flora, não faça isso. Por favor... – sua dor era terrível, ele dizia a verdade. Meu Deus... Só agora que ele se toca das coisas que me machucou e agora o machuca.
Dolorosamente, perdão.
Encarei aquele olhar brilhante e segurei meu sorriso. Eu o tinha para sempre comigo. Mesmo com nossos erros, o que sentíamos um pelo outro era irracional. Único. Não posso me dar ao luxo de não tê-lo, eu o quero mais do que tudo nesse mundo.
– Paulo...
Ele abaixou a cabeça, viu em meus olhos que estava ainda com ele. Não precisava dizer nada, às vezes o silêncio é melhor. Entretanto, o meu olhar dizia as palavras que meu coração queria gritar: *eu te amo, seu idiota!* Sorri ao vê-lo sair de perto de mim. Aquelas costas suadas respiravam forte e soltavam o ar suavemente. Os ombros largos e musculosos. Aquela bunda perfeita dentro do short preto apertado. As coxas tatuadas e bem definidas com os músculos saltando. Eu queria morder cada parte dele. Eu queria que ele me saboreasse como nunca fez com nenhuma outra... Mulher, sim, ele não teria outras, teria somente a mim. Só eu!

Quando encarei a sala, já estava vazia. Respirei aliviada e me sentei na cadeira. Soltei os ombros moídos pela tensão do momento.

Senti uma mão quente no meu ombro, me virei rápido.
– Oi – Thomas disse e veio me dar um beijo no rosto.
– Olha, Thomas... – ele me interrompeu com o indicador em meus lábios.
– Eu sei. Não se preocupe, não precisa pagar a dívida. Foi um prazer conhecê-la, Flora! – disse com um sorriso lindo.

Seria demais dar pra ele... – sorri com esse pensamento delicioso e inútil.

– Obrigada. Você é surreal... – encarei seus olhos radiantes.

– Você também é! Seria uma delícia a gente junto! – revelou, fazendo-me corar.

– Nossa, seria perfeito... – respirei fundo e encarei seus olhos. Ele estava sedutoramente perfeito.

– Se caso não se acertar com Paulo, estarei por aí... – ele me entregou um cartão com seu telefone. Seu perfume estava nele.

– Com toda certeza, meu Travis! – sorri fazendo charme.

– Prefiro Cachorro Louco! – falou baixinho no meu ouvido. Arrepiei todinha. Ele viu seu efeito no top. – Ficarei com isso registrado, realmente é uma pena, pelo menos uma noite... iria me fartar! – pronto, fiquei como um pimentão!

– Obrigada, de verdade.

– Que isso, às ordens! Agora deixa eu te pedir algo – fiz que sim. – Finge que ainda vai ao jantar comigo, Paulo terá um infarto! – disse alegre como um menino.

Saborosamente, perturbador.

– Combinado! – pisquei.

Ao dizer isso, Paulo apareceu na sala, já todo limpo, mas ainda sem a camiseta e só com o short da luta. Thomas se aproximou de mim, dando-me um beijo quente e poderoso no queixo. Tenho quase certeza de que era só para provocar Paulo.

– Eu nunca achei que mataria alguém! – Paulo não estava sendo sarcástico, parecia dizer uma verdade convicta.

– E eu nunca achei que você se apaixonaria! – disse Thomas. Meu coração acelerou. Perdi até o rumo da conversa. Paulo ficou em silêncio com as mãos na cintura. Ele nunca fica quieto, sempre tem uma resposta na ponta da língua. Seria verdade?

– Valeu, brother, até a próxima! – Thomas disse e me deu outro beijo – agora decente – no rosto. E me abraçou gostoso. Era uma pena não ter rolado nada, a gente conhece um bom sexo com apenas um abraço. E o dele era maravilhoso. Ele foi até Paulo e o cumprimentou. – Faça dela a mulher mais feliz, se não eu volto e faço! – brincou uma última vez e foi embora.

Deixando-nos a sós.

– Sempre achei esse short um tesão. Mas, isso aí na frente faz a imaginação feminina ir além... – eu disse segurando o sorriso. Paulo olhou para baixo e sorriu. Aquela visão era linda demais, fazia doer meu coração de tão perfeito.

– Precisa ser algo que proteja! – sua voz era pesada na medida do nosso tesão.

– Hum, entendi. O seu é um tanto grande!...
– É sob medida, de acordo com o tamanho! – piscou.

Meu corpo ficou gelatinoso. Precisava do toque dele urgente.

– Claro, tem que ser grande pra comportar a anaconda em sua toca!...

Sorrimos juntos.

– Flora, você não existe!
– Isso é bom ou ruim?
– É ótimo, você é perfeita!

Apaixonadamente, perfeito!

Ele foi se aproximando rasteiramente, com seu olhar ligeiro, com cara de que iria aprontar. Segurou firme em minha cintura, passou a ponta do nariz em minha bochecha, têmpora, chegando devagar aos lábios. Ali, antes de beijar, sussurrou:

– Volta pra mim... – gemeu quase encostando aquela boca maravilhosa na minha. Estava tentada demais para dizer qualquer coisa, mas mantive um pouco de sanidade e respondi:

– Você que fugiu de mim... Você me afastou! – falei com sinceridade encarando aquele olhar azul cinzento.

– Flora, eu nunca dormi com as loiras! – sorriu. Fiquei estática. Ele ainda queria mentir pra mim? Assim que me toquei, tentei me afastar. Ele me segurou mais firme. Não me debati, apenas enfrentei seu olhar.

– Paulo, não minta pra mim, por favor. Isso dói demais, mais do que eu gostaria, pode ter certeza!... – murmurei engasgada. Seu olhar pra mim – eu até poderia estar enganada –, mas acho que foi... apaixonado?! *Oh*...

– Flora, lembra na semana passada que encontramos com aquele bacana no restaurante? – sua voz ficou tensa agora.

– Sim, o George, meu ex. O que isso tem a ver? – perguntei ainda sem entender.

– Tem tudo a ver. A forma que ele te olhava, depois vocês ficaram conversando e rindo. Isso... isso me deixou puto, não gostei nada daquele encontro e muito menos que aquele babaca ficou sentado em nossa mesa, quando estávamos comemorando algo especial. Eu... só fiquei, meio... – ele não disse, mas eu queria sorrir.

– Ficou com ciúmes do George?! Paulo, você olhou bem pra ele? – perguntei segurando o sorriso, pois Paulo estava tenso e ainda com as mãos na cintura. Em defesa.

– Vi, ele é um babaca! – bufou. – Flora, como pôde namorá-lo? Você é linda, inteligente e muito gostosa pra ele! – não aguentei, eu tive de sorrir. Essa frase carinhosa e sacana reverberou tudo dentro de mim.

Eu não posso estar enganada, estou completamente apaixonada por esse homem, e mesmo que ele tenha feito alguma besteira, eu o perdoaria.

– Obrigada pelos elogios, mas isso não justifica nada, Paulo, já se olhou no espelho? – falei esperando algo dele, talvez uma confissão verdadeira. Tinha esperança.

– Por que diz isso? – ficou lindamente confuso.

– Porque é você que é demais pra mim!... – confessei. Sempre achei Paulo muito pra mim. Como ele foi se interessar pela professorinha tão básica?!

– Não diz isso, soa até ridículo. Olhe pra você, Flora, é um puta mulherão! Hoje mesmo achei que seria preso, pois eu mataria aqueles idiotas que encostaram em você!

– Seu bobo. Mesmo assim... – ele me interrompeu.

— Confesso, Flora, eu fiquei puto de ciúmes com o George; sei que é idiotice, nem precisava disso, confio em você. E acabei fazendo uma merda... – eu o interrompi.

— Uma merda enorme! Estou puta com você ainda! — cruzei os braços mostrando minha braveza. Ele sorriu.

— Eu só queria te fazer ciúmes...

— E conseguiu, e muito! — ele riu. — Não é pra rir! — grunhi bicuda.

— Pedi a Polyana e Joyce que fizessem isso pra mim. Não fiquei com elas, as duas são... bem, são namoradas. Eu pedi que elas me ajudassem a te deixar furiosa e com ciúmes, e deu certo em deixar, mas ficou pensando muito mal, me perdoa? — fez seu beicinho mais lindo. Aquelas palavras foram de um alívio absurdo. Foi como se tivesse tirado um elefante gigantesco de cima de mim.

Entretanto, a amargura e erro recaíram tudo sobre mim. Eu fui a Judas durante todo esse tempo, eu beijei Thomas, mas isso ficaria bem escondido. Porque, de certa forma, não houve arrependimento, certo? Então, tudo teria de ficar em segredo muito bem guardado. Paulo nunca poderia saber disso. *Oh, Deus, nunca!*

Respirei fundo voltando ao papo e esquecendo a quentura do Thomas.

— *Baby*?! No seu quarto?! — resmunguei fingindo ainda estar brava. Ele sorriu gostosamente. Tirando todo meu fôlego com apenas seu sorriso cretino.

— Só dessa forma você ficaria mais raivosa! E, porra, eu mesmo quase estraguei tudo, quando te vi daquele jeito no corredor. Porra, Flora, você estava muito gostosa, eu tive de passar a noite me masturbando pra tentar tirar a cena de você só de camiseta, cabelos presos em rabinhos e aqueles malditos óculos que te deixa *sexy* pra caralho! Imagina isso? — perguntou perto novamente. Ele poderia me agarrar agora! *Vem...*

Remexi meu corpo sedutoramente num molejo encantador, só para ele vir... mordi a pontinha da língua e disparei a frase:

– Imaginar você batendo uma? Isso é muito fácil, *baby*!... – ronronei gemendo, chegando rasteiramente para muito perto do corpo dele que estava explodindo quentura. Nisso, Paulo me aplicou um golpe, jogando-me ao lado, em cima de um tatame. Minha risadinha soou alta e divertida, ele também estava rindo. Mas era tudo muito sério a partir de agora. Sua pegada foi firme, fazendo-me sentir ainda mais sua calidez e ficar toda molhada. Quanta saudade...

– Agora, eu vou te dar uma liçãozinha, sua mocinha malcriada! – ele me puxou do chão e me levou até o octógono. Outro golpe aplicado e eu atingi novamente o chão. Apenas um rasgo, e meu top se dividiu no corpo. Agora o short, ele fez questão de ser lento... tirou raspando suas mãos firmes e quentes em todo o meu corpo. Deixando-o totalmente nu! O olhar de Paulo em mim era de admiração, contentamento. E isso me excitava ainda mais.

Ficou entre minhas pernas, deixando uma de cada lado seu. Subiu nos calcanhares fazendo-me ferver por mais toques. Joelhos, coxas, virilha... lá... Seu dedo começou a deslizar por meu sexo, fazendo tudo esquentar de vez. Deixando-me à beira do abismo. Era um prazer enlouquecedor depois de tudo que passamos hoje. E eu queria cada prazer, cada orgasmo... eu queria apenas Paulo.

Ele se inclinou ao meu corpo, beijando a barriga e cheirando meus seios. Sem tocar devidamente. Chegou ao pescoço deixando leves mordidinhas. Ele estava ainda de short, mas sua pressão no meio do meu corpo fazia sentir sua a ereção por trás do short. Ele sorriu e veio beijar minha boca. Um beijo quente, saboroso, que eu senti tanta falta. Aquela boca dele era somente minha, não poderia ter um encaixe perfeito com outra pessoa, deveria ser somente minha. E seria.

Paulo desgrudou e levantou. Iria tirar o short, mas fiz as honras, ficando de joelhos, tirei pra ele, sempre encarando seu olhar fixo nos meus. E sua vontade do meu corpo apontou em nossa frente. Seu pau duríssimo fazia o ar da graça.

Eu o abocanhei antes de qualquer coisa. Ele sempre me chupava antes do sexo. Sempre me deixava saciada, por que não fazê-lo sentir o mesmo?

Eu o chupava com veemência, com certa urgência de que chegasse logo seu prazer. De joelhos, Paulo segurava meus cabelos, e ajudava na manobra prazerosa que era chupá-lo, que era fazê-lo gritar pelo meu nome.

Lambi devagar sugando seu sabor, Paulo grunhiu um pouquinho mais alto, ele iria gozar a qualquer momento, mas, antes disso, ele mesmo me deixou, saindo de meus lábios, e montou em mim. Deixando a explosão do orgasmo dentro de mim. Sorri com sua pequena alegria, seu corpo tremia de encontro ao meu. Paulo não saiu, continuou a fazer pressão com seu corpo e seu pau duro dentro de mim. Até eu conseguir sentir todo aquele prazer. Até meu corpo sacolejar diante dele. Paulo acertava cada momento mais e mais... e meu orgasmo explosivo veio para nos alegrar e me fazer soltar seu nome entre meus dentes...

Paulo é meu!

Ficamos por mais ou menos cinco minutos sem nos mexer, com ele ainda dentro de mim, e lá embaixo ainda mais molhado. Nossos corpos estavam com uma camada de suor, o meu cheiro misturado ao dele, e no ar cheiro de sexo. Era uma mistura interessante.

Irresistivelmente, sexy.

Encarei seu rosto, e em volta de seu olho já havia um roxo escuro. E acima dele um corte bem feio. Toquei e Paulo fez uma careta.

– Me perdoa por isso! – deixei um beijo próximo.

– Ossos do ofício.

– É sério, me perdoa, eu queria brincar e me arrisquei demais! – murmurei sincera puxando seu rosto e dando um beijo em seu machucado.

– Perdoada, mas, Flora, eu não acredito que sairia com Thomas!

— Ossos do ofício! – brinquei.

Oh, que sacrifício gostoso que seria! Ai, que horror, esqueça isso, mulher!

Aff, eu me estapeei mentalmente. Aliás, dei nocaute em um segundo!

— Ou seria olho por olho?! – sua sobrancelha me dizia que o ciúme havia voltado. Imagina se ele soubesse da verdade sobre o beijo? Nossa, nem quero imaginar. Já me esqueci completamente.

Mentira, mas vou viver com isso...

— Como quiser. Você me desafiou a esse jogo. Agora aguente! – dei outro beijinho na boca machucada dele.

— Trégua? – perguntou ainda em cima de mim. Senti seu pau ficar duro novamente. Meu Deus, que homem insaciável... Respirei fundo antes de dizer o que iria dizer. Tentei me mover, e Paulo se tocou de que era melhor sair. Sentou-se ao meu lado, olhando-me com carinho, toquei sua mão e seu rosto. Sentindo-me com o coração na boca. Não poderia perder a chance de dizer o que meu coração enfim queria que eu dissesse logo. E seria agora.

— Sabe, Paulo, eu acho que estou apaixonada por você! – revelei, e o brilho de seus olhos era impagável. Ele sentia o mesmo por mim. – Você é o homem certo pra mim... E eu quero passar todos os meus dias ao seu lado...

Será que eu deveria pedi-lo em namoro? Correr o risco de levar um não, eu não teria, mas... Paulo se aproximou mais e beijou minha testa com carinho e respeito. Seu olhar mudou, estava diferente até em sua postura. Respirei fundo, era agora.

— Flora, um dia, numa conversa com minha mãe, perguntei a ela como encontraria a mulher certa para minha vida, pois como ela e todo mundo sabe, eu nunca me apaixonei, nunca encontrei "a mulher". Sempre vivi assim, mas as coisas mudam quando não esperamos mudanças. E sabe o que ela me disse? – fiz que não, e o nó no corpo inteiro me travou de ir adiante. – Ela apenas me disse um conselho sábio: *filho, não se preocupe em achar a mulher certa, concentre-se em apenas se tornar o homem certo!...* – ele me beijou forte. Sendo e provando o quanto era certo para mim...

Eu sorri mesmo depois de algum tempo. Estava boba com suas palavras tão sinceras e encantadoras. Ele havia confessado que estava apaixonado, mas não disse as palavras. Mesmo assim, eu seria dele e ele meu.

– O que foi, *baby*? – perguntou rindo e olhando para meu sorriso bobo.

– Eu me lembrei de uma frase que uma amiga disse! – comentei rindo.

– O que ela disse pra te fazer lembrar agora?!

– Um conselho sobre relacionamento: *namore uma pessoa que te beije por três minutos e já te deixe com vontade de sair tirando a roupa!*

Convenhamos, eu achei dois! *Esqueça...* Só Paulo seria suficiente!

– Hum, sábias palavras! E aí, o que você acha? – sua piscadinha me acendeu.

E essas palavras dele ficaram confusas.

– O que quer dizer? – perguntei ainda mais confusa.

– Que isso aconteceu com a gente, então...

– Não somos namorados! – brinquei com a verdade.

– Mas, você é minha! – voltou o Sr. Possessivo. Sorri.

– Com que direito? – desafiei.

Ele nem havia me pedido em namoro! Que cara de pau.

– Todos! – sussurrou em minha frente. Segurando aqueles lábios para não sorrir descaradamente.

– Ah, é? – ok, fui irônica.

Paulo sorriu alto e se levantou. Ainda nu em minha frente. Era uma visão e tanto. Segurei os joelhos ao peito e admirei a paisagem. Ele nem se acha com sua beleza estonteante, imponente. Ficou me encarando por um bom tempo até que estendeu a mão direita a mim. Cedi e ele me ajudou a levantar.

— Quero admirar a sua beleza também — disse com sua voz rouca. Já com tesão. Fiz uma dança em sua frente, aquela que valoriza o corpo. Tipo sensual.

— Isso, *baby*...

Dei uma voltinha fazendo graça e, ao virar para ele, Paulo já estava de pau duro.

My Goodness!

— Nunca achei que faria isso tão rápido, em tão pouco tempo... — ele me encarava com um olhar fixo e sério. Fiquei tensa. O que viria dele?

— O quê? — perguntei tensa. Meus ombros estavam até eretos.

— Case comigo?

Por Deus, eu ouvi isso mesmo? Peraí! Ca-ra-lho! Ele me pediu em quê?

— Paulo... O quê? — levei as mãos à boca quando o vi se ajoelhando.

Gosh, help me!

— Flora, eu estou loucamente apaixonado por você. Não consigo viver mais sem seu cheiro, seu sabor, sua pele... Eu quero você só pra mim, então, o que me diz? Flora Mendes, você quer se casar comigo? — eu jamais pensei ouvir isso em toda minha vida.

Loucamente, feliz.

— Sério, você nem me pediu em namoro durante todo esse tempo e agora quer se casar? Você é louco ou está de gozação?!

Tipo assim, depois que isso saiu de mim, eu me soquei. Merda, o cara revela seu coração a mim, e meus pensamentos idiotas flutuaram de minha boca estúpida?!

What the fuck, girl?!

— Flora, você me ouviu? Porra, eu só quero você, não posso? Você não será de mais ninguém! — sorri e me aproximei, puxando-o para ficarmos olhos nos olhos e boca na boca. Mas, antes de beijá-lo, eu diria minha verdade, eu daria minha resposta.

– *Yes, sugar!...* – sussurrei seu apelido, já que a primeira vez que foi até a mim, era para me pedir açúcar em troca de prazer. Perverso, porém irrecusável.

Docemente, sedutor.

– Até que enfim, *suga mama*! – disse, desta vez calando a boca e me beijando.

– Paulo, você é surpreendente! – beijei novamente ainda mais doce. Como nosso amor.

– Flora, eu te amo! – murmurou olhando no fundo dos meus olhos.

Meu coração disparou com tal revelação. Aquilo era um passo e tanto. E eu sabia, eu fui a única mulher a ouvir essa declaração. E não tem nada melhor do que saber disso!

São esses momentos que me encantam, quando a gente não espera por nada e esse pequeno momento se torna a coisa mais linda e nos surpreende pela beleza da simplicidade.

– Eu sei, garotão. Eu também amo você, bem muitão...

PARTE IV

PROVOCAÇÃO É A PALAVRA

Rapidinhas

SUGAR AND *Mama*

Tinha afeto, afeição, apego
Tanta estima, ternura e aconchego
Mas queria mais, queria sexo.

Tinha sexo, volúpia, lubricidade
Do prazer sensitivo à diversidade
Mas queria mais, queria a carne.

Tinha a carne, o corpo, a luxúria
A lascívia, a lubricidade, a fúria
Mas queria mais, queria orgasmos.

Tinha orgasmos, muitos, cumes, apogeus
Tantos clímaxes múltiplos, simultâneos
Mas queria mais, queria amor, paixão
E mesmo que fosse fugaz, momentâneo
Queria mesmo um amor, sem hesitação!

Warnien

Enquanto estávamos ajeitando as coisas no lugar, Paulo não tirava os olhos de mim e sorria quando eu o olhava. Estávamos parecendo dois bobos, só porque ele havia me pedido em casamento. Isso seria uma loucura, mas não poderíamos nunca mais ficar longe. E nossa vida seria assim, sempre colados e sempre nos amando.

Sexo é o que não faltaria!

– Paulo, sabia que eu fiquei chamando as loiras de putinha a todo o momento! – revelei, colocando a camiseta já que ele havia rasgado o top.

– Hum, então realmente meu plano deu certo, você ficou morrendo de ciúmes! – cantarolou vitorioso.

– E você, que saiu dando porrada em todo mundo! – provoquei rindo.

– Daria muito mais se fosse preciso, porque mexeu com coisa *minha*! – grunhiu tentando me assustar, apenas sorri pra ele. – Mas você, *docinho*, ficou morrendo de ciúmes! – também provocou mais uma vez gargalhando.

– Vá se foder! – exclamei, rindo, e o olhar que jogou pra cima de mim me fez ficar mole; desfaleci por segundos.

– O que disse? – grunhiu em minha frente segurando meus cabelos na nuca.

– Quer que eu repita? – ele não se mexeu, porém seu corpo estava grudado demais ao meu, eu pude sentir sua ereção.

– Repita se tiver coragem! – isso era só um incentivo, ele adora me provocar.

– Vá se foder, *sugar*! – simplesmente gemi em sua frente.

– Vou me foder nessa sua boca malcriada! Agora, *baby*, ajoelhe-se!

Ele sempre faz valer suas doces e açucaradas promessas pervertidas!...

🩰 🩰 🩰

– Aonde pensa que vai? – perguntei encostada no batente da porta do meu apê. Estava completamente nua.

– Treinar! – seu olhar correu todo o meu corpo; depois da minuciosa análise, voltou o olhar para a câmera. – Porra, Flora, você quer apanhar, não é?

— Se quiser me bater, vem... — fui entrando, mas antes de me acompanhar, Paulo tirou a camiseta da câmera, pois não iria pagar novamente uma multa.

— Flora, você é muito safada, e eu amo isso! — grunhiu entrando no meu apartamento. — Gosta disso? — apontou sua ereção dentro do short.

Com não amá-lo?

Perigosamente, excitante!

— *Yes*, mas prefiro isso tudo em um lugar quentinho... um lugar que já está bem molhadinho... — gemi absurdamente excitada.

— Hum, que delícia, me deixa senti-la...?

— Você iria sair sem me dar bom dia?... — perguntei indo para a geladeira. Paulo só me fitava, peguei o *chantilly* e encarei aquele olhar que se acendeu perversamente.

Puramente, paixão.

— Seria o maior erro se isso acontecesse, sabe disso, *baby*... — gemeu, fazendo beicinho, olhando todo o poder do meu corpo nu.

Voluptuosidade, acesa.

— Quero. Você. Na. Minha. Cama. Agora! — grunhi, palavra por palavra.

Fogos de artifício, bum!

Soltei uma boa quantidade de *chantilly* nas costas de minha mão, lambi descaradamente fazendo Paulo gemer, deslizando a língua, mostrando como faria nele. Seu olhar se tornou uma flama lasciva. Paulo deu dois passos e seguiu para o quarto. Ele nunca me desobedecia... correu para o lugar onde a luxúria ferveria, e poderia apostar que já estava nu em minha espera.

Oh...

Labaredas, açucaradas...

🐎 🐎 🐎

— Me deixa ver seus peitos! — falou, aliás, exigiu.

Não acredito que Paulo foi até a escola em que trabalho, tirar-me no meio da aula, só para me falar isso! Impor um sexo escondidinho no meio do dia!

– Paulo, eu estou no meio de prova, me espera no seu apartamento, vou ficar todinha nua... – deixei a proposta no ar.

– Não, *baby*, eu vi você saindo assim e fiquei o dia todo louco, querendo estar dentro de você, querendo chupar seus peitos fartos nessa blusinha. Tá vendo isso aqui?! – apontou um vermelho no rosto, no canto da boca. Fiz que sim. – Eu levei um soco porque estava distraído, pensando em seus peitos. Agora, levante essa porra de saia e abaixe essa blusa, se não, eu vou arrancar!... – sua promessa era verdadeira, ele é realmente um louco e faria isso.

Faria valer a pena ter ido lá.

Eu o tinha levado até a sala onde os *teachers* tomavam café. É um absurdo; apesar de estar trancada a porta, ainda sim, era um risco. Mas, um risco cheio de tesão.

Abri os quatro primeiros botões da camisa e abaixei o tomara-que-caia que eu usava. Coloquei os óculos e levantei levemente a saia. Ao olhar para Paulo, ele já estava com sua ereção fora da bermuda, apontada pra mim.

– *Baby*, vou te dar um pau! *Now, turn up, my magical spell!* – já mencionei que é tesão absurdo ouvi-lo falar inglês, ainda mais quando iria me comer?

Ah, sim, era delirantemente perverso e saboroso degustar de sua voz em outro sotaque! Ainda mais em inglês... *Amazing...*

Ele sussurrou ordinariamente gostoso que iria me foder forte ali e me penetrou com força por diversas e incessante vezes. Fazendo-me gemer alto e ter dois orgasmos maravilhosos!

Detalhe: encostada na mesa onde minha chefe almoçava!

Wow, it's great!

🐾 🐾 🐾

Após um momento puramente amoroso, depois de Paulo ter me proporcionado milhares de orgasmos maravilhosos, eu queria sempre mais dele. Paulo passou a ser meu vício. Não existe outra coisa de que eu possa querer mais do que quero Paulo. Seu amor, sua paixão, seu sexo pra mim, é uma fonte de energia e vivacidade!

Outro dia, Mandy chegou à escola com uma música no celular e colocou para escutarmos. Bem, eu fiquei pasma com toda coincidência existente. Amei e planejei cantar para Paulo. Fazer um showzinho ao meu amor.

Deixei-o amarrado na cama, depois de dois orgasmos muito bem feitos por mim, no melhor boquete que ele poderia receber; iria mostrar quem mandava e como isso fluía. Sentada nele comecei:

– *Vizin*, desse jeito 'cê' me deixa louca. Tomando coragem pra beijar sua boca. Mesmo que 'cê' não saiba, sou eu, não tem outra, pra mudar sua vida, assim só eu. Louca! – cantei e deslizava meu sexo no pau duro dele. Paulo gemia em sintonia e curtia minha brincadeira, divertindo-se com a música.

– Que isso, *baby*... – gemeu agraciado pelo momento.

– Uma música que é nossa cara, só que ela diz: *pretin*! Prefiro minha versão: *vizin*! Que tal, gostou?

– Nem precisa de coragem, é só cair matando, *baby*... – ronronou. Arrepiei.

Continuei com a canção, gemendo e fodendo meu *vizin*!

– Hoje ele acordou e assobiou... A Flora acordou e te respondeu... Quando ele queria um beijo era... Quando ela respondia era tipo... – a cada frase eu assobiava como a música. Paulo ficou me encarando.

– Adaptou?! – perguntou, estocando-me lentamente. Gemi revirando os olhos, já sem forças para continuar; eu só queria gozar fervorosamente por ele.

– Não, a cantora se chama Flora – gemi forte com sua deliciosa estocada. – Paulo, esqueça agora tudo isso e me faça gozar bem quentinho aí...

Ele acatou as ordens, eu o soltei. Besteira? Nem pensar, Paulo me jogou de quatro, acertando-me violentamente o ponto G. e me fazendo gozar loucamente...

Até ter no mínimo, naquele dia, uns dez orgasmos decentes... e, sim, fiquei exausta, mas sempre eu pedia bis! Esse é o nosso lema.

Paulo, sem dúvida alguma, fez com que esse amor crescesse a cada dia, mais e mais. Tornando-se impossível de largar.

Alguns dias depois...

– Obrigada, garotão! – exclamei alegre ao ver meu presente.

– De nada, *baby*! Você vai ficar deliciosa nela – disse dando-me um beijo na ponta do nariz. – Depois do jantar, já reservei um quarto num hotel, que tal? – dizia enquanto eu me arrumava toda pra ele.

– É maravilhoso! Faça o seu melhor, garotão! – gemi seduzindo meu noivo.

Segurei a calcinha de renda vermelha que me deu de presente. Iríamos a um jantar com nossos amigos, para anunciar oficialmente a data do casamento. Quem diria!

Simplesmente perfeito!

Terminei de ajeitar o vestido preto de seda, curto e apertado ao corpo. Paulo ficou meio enciumado, mas liberou geral.

– Está perfeita! – disse, dando-me um beijo com direito até de abaixar meu corpo em seus braços. Ele estava tão cheiroso que não queria sair do conforto de seu abraço. Por mim, ficaria ali a noite toda. Saboreando-o, sufocando-me em seu sabor.

Paulo estava encantador de calça jeans escura e camisa social preta. Combinando comigo. E seus olhos sorridentes e brilhantes, como duas safiras raras.

– Vamos comemorar! – dissemos alegremente.

Ao chegar, nem tinha imaginado quem estaria ali, e quem Paulo convidaria. Fiquei muito surpresa ao ver Thomas sentado na ponta da mesa. E todo calor que havia enterrado daquele dia voltou com força total. Acho até que corei ao me aproximar dele.

– Uau, está muito *sexy*, Flora! – Thomas se levantou para me cumprimentar. Paulo apareceu em minha frente, tentando me proteger das garras de Thomas.

– Obrigada, Thomas. Quanto tempo! – brinquei, e a careta de Paulo voltou.

Senti seu maxilar enrijecer. Ele estava bravinho. Carrancudo. Já deveria ter imaginado que ficaria irritadinho, então, por que o convidou? Aff, quanto drama.

– Tempo demais... – disse, dando-me um beijo no rosto. Paulo só bateu ombros nos ombros, empurrando-o de perto de mim. É hoje!

Sentamos na outra ponta. Cumprimentei o pessoal da academia e também minha melhor amiga, Amanda, e seu marido Bernardo.

Estava tudo indo muito agradável e divertido. Paulo por vezes ficava sério demais quando Thomas soltava suas gracinhas. Eu corava e disfarçava suas investidas furadas. Mas foi quando Thomas perguntou se eu sairia com ele que senti algo estranho. Senti algo vibrando entre minhas pernas! Sorri sem jeito e não consegui responder, pois a vibração era real e só aumentava.

Porra! A calcinha!

Aquilo estava programado e seria um castigo caso eu não me comportasse! Bem, deveria ser ao contrário, certo?

Olhei para Paulo que sorria abertamente para mim. Curvei-me levemente sobre a mesa tentando manter a postura e o controle sobre meus espasmos.

– E aí, Flora, responde! – Thomas instigou sem entender o que acontecia, aliás, ninguém tinha noção do que acontecia comigo. A princípio, parecia apenas um nervoso bobo, queria eu que fosse isso!

Holy fuck!

Olhei novamente balançando a cabeça negativamente para Paulo, seu sorriso não se desfazia. Ele aumentou drasticamente o volume da vibração, fazendo-me segurar os lábios para não gemer alto.

– Ah... – deixei escapar um sorriso sem graça. – Estou... muito... bem... – falei gemendo e todo mundo olhou pra mim.

Porra!

– Uau, pelo visto está mesmo!... – olhei para Thomas que piscou sedutoramente. Talvez estivesse pensando que aquilo era por ele, e não por causa do que Paulo fazia comigo. Provavelmente em sua cabeça suja estava me vendo assim por estar pensando nas possibilidades com ele me comendo. Paulo estava sendo um bobo em fazer isso, e se de repente minha cabeça resolvesse brincar de verdade?

Merda, mas eu não conseguia pensar em outra coisa, em outro alguém, pois eu sabia exatamente quem me dava esse prazer. O cretino delicioso do meu noivo!

O volume aumentou novamente. Fazendo um gemido agudo sair de meus lábios. Fixei meu olhar no de Paulo. Com as duas mãos agarradas na ponta da mesa, eu arfava como se estivesse corrido. Começou até a brotar uma leve camada de suor sobre minha testa pelo enorme esforço e concentração que eu fazia.

Alguns desviaram a atenção de nós, sem saber o que estava acontecendo de verdade. Uma nova conversa começou na mesa. Tentei com um esforço tremendo pegar minha taça de vinho, entornei-a todinha. Mais uma vez o volume vibrou fortemente em meu sexo, fazendo-me surtar!

Eu estava tendo espasmos prazerosos em uma mesa de um restaurante chique. Detalhe, com Paulo tendo total controle sobre meu prazer junto aos nossos melhores amigos sentando em nossa volta!

Puta que pariu...

Meu corpo começou a sacolejar levemente, alguns olhares curiosos voltaram a mim novamente sem compreender. Paulo sorria absurdamente gostoso, com uma das mãos escondida, a que me dava prazer, e a outra apoiando sua cabeça enquanto me admirava. Amanda, do outro lado, estava sem entender.

Não consegui segurar o prazer, então me deixei leve e me entreguei ao prazer da brincadeira. Relaxei visualmente os ombros para ninguém notar minha tensão, era uma tática, porém a esperteza de Paulo era maior. Deixou constantemente no último volume, fazendo até a cadeira vibrar abaixo de mim. Fechei os olhos por um segundo e imaginei Paulo ali embaixo da mesa com a boca entre minhas pernas. Chupando abruptamente minha boceta molhada e quente; ele mordia levemente meu clitóris enquanto me penetrava com um dedo. Depois voltava a lamber com veemência...

Abri os olhos para a realidade, Paulo fez um sinal. Uma liberação ao que eu estava presa. Foi então que um gemido mais profundo saiu... revelando a todos meu orgasmo explosivo!... Sacolejei e me libertei...

Ahhhh...

Paulo foi diminuindo o volume até parar completamente. Meu corpo todo estava sensível e formigando. Eu estava morrendo de vergonha, queria sair dali correndo, mas apenas me ajeitei na cadeira e sorri sem jeito. Como eu nunca imaginei isso?

Que foi gostoso, isso sem dúvidas. Foi um orgasmo e tanto.

– *Baby*, está tudo bem? Está passando mal? – eu ainda arfava lentamente. Paulo ainda teve a cara de pau de me perguntar isso.

– Você é um filho da puta! – grunhi, ajeitando-me novamente. O meu sexo estava encharcado, estava até receosa de estar escorrendo entre as pernas!

– Oh, quanto amor, eu também te amo, *baby*! – Paulo acariciou minha mão direita.

– Uau, isso foi um...? – um dos amigos dele perguntou sem completar a frase. Meu rosto ficou encoberto por um vermelho vivo.

– Não é o que estão pensando! – emendei rapidamente.

Eu queria me enfiar embaixo da mesa! Oh, treva!

– É exatamente o que estão pensando! Mas, ela é *só minha!* Que fique bem registrado! – o convencido disse. – Só eu causo esse efeito! – concluiu novamente de boca cheia, acariciando meu rosto ainda mais corado. E bravo.

– Cala a boca! – brinquei e dei um beijo nele.

– Mais tarde tem sessão dupla, *baby*! – piscou perversamente. – E eu vou me lembrar bem dessa boca malcriada, viu! – agora sua promessa reverberou em todo meu ser. Eu queria ir embora agora!

– Meu Deus, esses dois tocam o terror! Sai de perto, senão se queimam!

Sorrimos alegres, brindando mais um *"orgasmo"* e voltamos ao nosso incrível e inesquecível jantar entre amigos.

E que viva a doce esperança do sexo divinamente perverso e açucarado!

ps.: Suga Mama.

to be continued...

EXPRESSÕES EM *Inglês*

Amazing. – Maravilhoso.
Bitch. – Vadia.
Boring. – Chato.
Crap! – Merda/ Droga.
Damn it! – Merda!
Dear, let's go to work a little bit! – Querida, vamos trabalhar um pouquinho!
Forever. – Para sempre.
Good job. – Bom trabalho.
Gosh, help me. – Deus, socorro.
Gosh. – Deus.
Holy fuck! – Porra!
Holy shit! – Puta merda!
I'm proud. – Estou orgulhosa.
Maybe. – Talvez.
My big magic cock. – Meu grande pau mágico.
My favorite lips. – Meus lábios favoritos.
My good. – Meu Deus.
My Goodness. – Valha-me Deus.
My Lord. – Meu senhor.
Now! – Agora!

Now, turn up, my magical spell. – Agora, vira-se, meu feitiço mágico.
Oh, Gosh. – Oh, Deus.
Oh, really? – Oh, sério?
Shit. – Merda.
Shut up. – Cala a boca.
Smart girl. – Garota inteligente.
Son of a bitch! – Filho da puta!
Soon, my little bitch. – Em breve, minha putinha.
Sorry, dear. – Desculpa, querida.
Sweetie. – Docinho.
Thanks. – Obrigado.
Very easy. – Muito fácil.
What the fuck? – Que porra é essa?
What? – O quê?
Wow, it's great. – Uau, isso é bom.
Wow, sexo on the table. – Uau, sexo sobre a mesa.
Wow, that's good! – Uau, isso é bom!
Xoxo – Beijos e abraços.

Em breve a sequência de *Sugar*!
Um pouquinho mais de Flora,
PAULo e Thomas! Em...

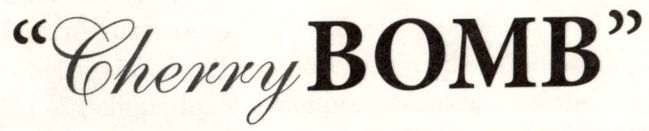

"*Cherry* BOMB"
UMA CONTINUAÇÃO DOCEMENTE EXPLOSIVA!

xoxo.
Vanessa de Cássia

Leitura Recomendada

Livro de Bolso do Kama Sutra
Segredos Eróticos para Amantes Modernos
Nicole Bailey

Nicole Bailey, escritora especialista em saúde, psicologia e relacionamentos, inspirou-se nos textos dos clássicos orientais *Kama Sutra*, *Ananga Ranga* e *O Jardim Perfumado*, para reunir nessa obra os mais potentes ingredientes do erotismo oriental e oferecer aos amantes modernos dicas para fazer do sexo uma experiência completa de prazer e sensualidade para todo o corpo. São 52 posições excitantes para aquecer suas relações!

Erotismo de bolso
Os segredos para o êxtase com a massagem sensual
Nicole Bailey

Vibre com os três níveis de êxtase – quente, muito quente e picante.
Quente... Desperte seu corpo com técnicas que o fará querer mais.
Muito quente... Mergulhe fundo para descobrir as zonas certas de prazer para aumentar o calor.

Guia para a Satisfação Sexual
Nitya Lacroix

Nenhum aspecto de nossas vidas é capaz de nos proporcionar mais prazer e satisfação emocional e física do que a atividade sexual e o contato erótico – embora essa simples constatação dê ao sexo tamanha importância que, em vez de trazer alegria, pode se transformar em um motivo de ansiedade e infelicidade.

www.madras.com.br

Leitura Recomendada

Sexo Fantástico do Kama Sutra de Bolso
Nicole Bailey

Sexo Fantástico do Kama Sutra de Bolso – 52 Posições Ardentes. Dicas na Medida Certa para o Prazer na Cama. Instigue, Excite e Eletrize seu Parceiro.

Sexo Definitivo
Tudo o que Você Prescisa Saber Sobre Sexo e Sensualidade

Judy Bastyra

Você alguma vez se perguntou onde fica seu Ponto G? Talvez você queira saber qual tipo de massagem é melhor para quebrar o gelo, ou esteja curioso sobre os novos gêneros de brinquedos sexuais que estão disponíveis hoje em dia. Apesar de estarmos cercados de sexo por todos os lados, na televisão, na internet, em *outdoors*, será que realmente sabemos de tudo o que deveríamos?

O Kama Sutra
Anne Hooper

A consagrada terapeuta sexual Anne Hooper reinterpreta os ensinamentos das antigas obras-primas da literatura erótica, para criar um guia escaldante para os amantes de hoje.
Demonstra as posições do amor de textos eróticos orientais, com fotos coloridas e voluptuosas.
Expõe os segredos do amor sensual para a mais profunda harmonia física e espiritual.
Aumente o seu prazer sexual por meio de técnicas eróticas criativas!

www.madras.com.br

Leitura Recomendada

O Pequeno livro do Kama Kutra
Ann Summers

O *Kama Sutra* é o manual sexual original, e esta atualização *sexy* lhe contará todos aqueles segredos de que você precisa saber para ter bons momentos na cama (e fora dela!).
Com fotos quentes coloridas para inspirá-lo, *O Pequeno Livro do Kama Sutra*, de Ann Summers, dará à sua vida sexual uma nova dimensão – você verá estrelas!

Jogos Sexuais Fantásticos
Anne Hooper

Coloque o fogo de volta ao sexo com jogos eróticos ousados.
Realize suas mais audaciosas fantasias sexuais com jogos sexuais ousados e sensuais.
Combinem borbulhas com carícias e descubram o prazer do banho divertido e travesso.
Explorem o erotismo da comida em piqueniques promíscuos e banquetes sexuais.

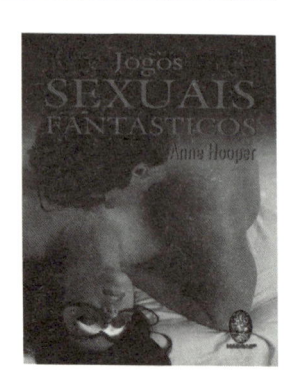

O Guia Completo do Kama Sutra
Al Link e Pala Copeland

Enriqueça sua paixão e seu prazer. Você sabe que a sabedoria eterna do *Kama Sutra* tem atraído casais ao longo da história para adotar os prazeres de posições variadas e preliminares. Mas há mais a ganhar com esse antigo texto que simples instruções... Essa obra investiga profundamente as alegrias sensuais e possibilidades eróticas de amor íntimo, permitindo um sexo mais sublime.

www.madras.com.br

Leitura Recomendada

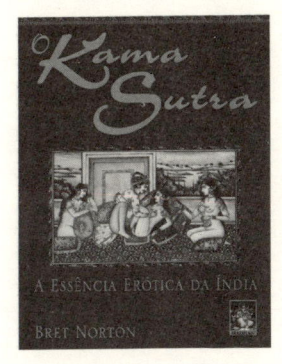

O Kama Sutra
A Essência Erótica da Índia

Bret Norton

O Kama Sutra mostra que o maior prazer que pode ser experimentado pelo corpo humano é produzido pelo contato, pela ligação e fricção dos órgãos genitais, o masculino *Lingam* e o feminino *Yoni*.

Fantástico Sexo Tântrico de Bolso
Descoberta Erótica e Êxtase Sexual

Nicole Bailey

Fantástico Sexo Tântrico de Bolso é um guia para a entrega sexual ao prazer do momento, contendo técnicas de massagens íntimas e diversas maneiras para expandir seus estágios de excitação por meio do corpo, da mente e da alma.
Repleto de maneiras novas para elevar sua energia sexual ao orgástico prazer do corpo todo do jeito que você sempre sonhou, desfrutando tudo isso ao lado de seu parceiro, de um jeito único e verdadeiro; esse é o livro que vai apimentar sua vida amorosa.

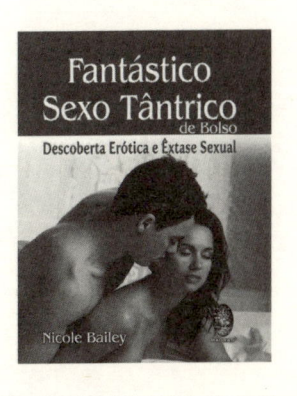

Sexo Fantástico em 28 Dias
Uma Transformação Completa na Vida Sexual

Anne Hooper

Estar fora de forma e acima do peso não significa necessariamente que seu desejo sexual deva ficar alterado. Em *Sexo Fantástico em 28 Dias* você aprenderá a mesclar dieta e apetite sexual e ficará surpreso com os resultados obtidos dia a dia com as dicas de Anne Hooper, a terapeuta sexual mais vendida no mundo!

www.madras.com.br

Este livro foi composto em Times New Roman, corpo 12/14,4.
Norbrite 70g
Impressão e Acabamento
Orgráfic Gráfica e Editora — Rua Freguesia de Poiares, 133 —
Vila Carmozina — São Paulo/SP — CEP 08290-440 —
Tel.: (011) 2522-6368 — orcamento@orgrafic.com.br